BBULMEDIA

http://www.bbulmedia.com

CITY OF
WILD BEAST

맹수의 도시

WILD BEAST CITY

맹수의도시

1판 1쇄 찍음 2014년 7월 17일
1판 1쇄 펴냄 2014년 7월 22일

지은이 | 동 은
펴낸이 | 정 필
펴낸곳 | 도서출판 뿔미디어

편집장 | 이재권
기획 · 편집 | 윤영상

출판등록 | 2002년 9월 11일 (제1081-1-132호)
주소 | 경기도 부천시 원미구 상동로 117번길 49(상동) 503호 (우)420-861
전화 | 032)651-6513 / 팩스 032)651-6094
E-mail | bbulmedia@hanmail.net
홈페이지 | http://bbulmedia.com

값 8,000원

ISBN 979-11-315-2783-2 04810
ISBN 978-89-6775-985-8 04810 (세트)

CITY OF
WILD BEAST
BBULMEDIA FANTASY STORY
동은 현대 판타지 소설

〈완결〉

⑧

contents

1.
참혹한 진실

WILD BEA

그날은 해가 지기 시작했을 때부터 비가 부슬부슬 내렸다. 많은 비는 아니었지만 창문에 톡톡 떨어지는 빗방울을 보자면 마음이 싱숭생숭 해지는 그런 날이었다.

김형태는 미나, 과거의 미수에게 전화를 걸었다.

친구들과 술을 한잔 마시고 나니 갑자기 섹스를 하고 싶어졌다.

아무 여자랑 하고 싶은 것이 아니었다.

그가 아는 여자 한에서 최고의 육체를 가진 사람은 미수였다.

그녀는 마약과 같은 몸을 가진 여자.

형태가 미수를 안 것은 반년 전의 일이었다.

우연히 TV를 보게 됐고 이상형에 가까운 여자가 바로 미수였다.

청순하면서도 요염한 얼굴을 가진 여자였다.

아직 조연에 불과하지만 좋은 매니저를 만나면 반드시 뜰 것이라는 예감이 들었다.

그는 아는 PD에게 전화를 걸어 술 한잔을 하자고 하고는 약속을 잡았다.

술을 거하게 사 주었다.

그리고 미수의 연락처를 받아 냈다.

어쩐지 전화를 하려니 가슴이 뛰었다.

오랜만에 느껴 보는 감정이었다.

그는 크게 호흡을 한 후 미수에게 전화를 걸었다. 그리고 자신을 소개했다. 한 번만 만났으면 좋겠다고 데이트 신청을 했다.

예상외로 그녀는 흔쾌히 승낙을 했다.

둘은 만나서 술을 마셨다.

너무도 마음에 들었다. 목소리도, 눈빛도, 손가락 하나의 움직임도 아름다웠다.

그는 이 여자를 오랫동안 가지고 싶었다. 그래서 그녀에게 스폰서 제의를 했다.

3억이라는 거금.

그녀는 생각할 시간을 달라고 하였다.

며칠 후 미수는 형태의 제안을 승낙했다. 그는 뛸듯이 기뻐했다.

그는 뱀과 같은 여자였다.

그리고 남자의 몸을 요리하는 수준 높은 음악가이기도 했다.

한 번 빠져드니 그녀에게서 헤어 나올 수가 없었다.

사건이 일어나는 날, 둘은 강남의 한 바에서 만났다.

칵테일을 두 잔씩 마신 뒤 그들은 강화도로 드라이브를 떠났다.

강화도는 서울에서 인접해 있으며 꽤나 멋진 펜션이 많기에 김형태와 미수는 종종 이용했다.

김형태는 운전 중 도로 위에서 노골적으로 그녀의 젖가슴을 주물렀다.

미수는 거부하지 않았다. 항상 있는 일이었다.

서울 한복판에서도 그의 손길은 거침없이 속옷 안으로 파고 들어왔다.

그녀의 유두는 꼿꼿하게 발기가 되어 있었다. 흥분을 한 듯싶다.

형태도 마찬가지였다.

그는 강화도에 가기 전에 그녀를 안고 싶었다. 별이 반짝이는 달빛 아래서 사랑을 나누면 어떤 느낌일까, 생각하면 짜릿한 기분마저 들었다.

형태는 주차할 곳을 찾았다.

하지만 비가 왔기 때문일까. 아니면 다른 곳에 한 눈에 팔렸기 때문일까.

그들이 탄 승용차가 외진 길로 들어섰을 때 그 사고가 일어나고 말았다.

끼이이익—

형태는 브레이크를 너무 늦게 밟았다.

이미 그의 차는 차도를 건너던 한 아주머니를 치고 만 것이다.

차에 치인 아주머니는 차 보닛을 타고 올라온 후 앞으로 튕겨져 나갔다.

당시 미수는 너무 놀라서 비명도 지르지 못했다. 그녀와 형태 앞에 아주머니가 쓰러져 있었다.

입에서는 피가 울컥울컥 흘러나와 새로 깐 시커먼 아스팔트를 적셨다. 부슬부슬 내리던 비가 피를 하수구로 흘려보내 주었다.

그녀의 팔과 다리도 심하게 꺾여 있었다. 그대로 두면 죽을 것만 같았다.

"1, 119에 신고해야지, 오빠……. 이대로 두면 저 사람 죽어."

미수의 목소리가 떨려 왔다.

"씨발, 좆 됐네. 잠깐만, 잠깐만 있어 봐."

김형태는 핸들을 잡고 부들부들 떨었다. 경기를 일으킨 것처럼 한참이나 그러고 있었다.

"어서 신고해, 오빠. 정신 차리라고."

미수는 김형태를 재촉했다.

하지만 형태는 고개를 좌우로 흔들었다. 어떤 마음을 굳혔는지 그의 눈빛은 차갑게 식어 있었다.

그의 얼굴을 보자 미수는 소름이 돋는 것을 느꼈다. 설마 아니겠지, 라는 생각을 하며 곧 있을 상황에 대해서 부정을 했다.

하나 그녀의 불길한 생각은 들어맞았다.

"난 술을 마셨다고. 음주사고면 가중 처벌되는 거 몰라? 가만히 있어."

"사, 사람이 죽을지도 모른다고."

"가만히 있어. 내가 알아서 할 테니까."

형태는 차에서 내린 후 부서진 부분을 살펴봤다. 쓰러져 있는 아주머니를 쳐다보지도 않았다.

그녀가 계속해서 입을 뻐끔거리며 무엇인가 말을 했지만

듣지도 않는다.

그의 머리 위로 떨어진 비로 고급 정장이 젖는다.

비로 인해서 피와 차에 부서진 부품 조각들이 모두 쓸려 내려가는 게 보인다.

"큭큭큭, 이것 참. 하늘도 내가 감방에 가는 것을 원치 않는 모양이야. 하긴, 나 같은 최고급 인재가 이런 일에 휘말리는 것 자체가 나라의 손실이지."

그의 얼굴에서 미소가 지어졌다.

랜턴으로 혹여 있을 자신의 흔적을 모조리 찾은 후 없다는 것을 확인하자 긴 한숨을 내쉬며 운전석에 앉았다.

몇 번이나 주변을 확인했지만 개미 새끼 한 마리 보이지 않는다.

사고가 난 차도는 횡단보도가 아니었다. 횡단보도가 아예 보이지 않았다.

이제 막 생겨나고 있는 공단이라 그런지 CCTV도 설치되지 않았다.

"야, 봤어?"

"뭐, 뭘?"

미수는 겁에 질린 채 두 눈을 동그랗게 뜨고 형태를 바라봤다.

"저년이 갑자기 차도로 뛰어들었잖아."

모르겠다.

그녀의 시선도 앞을 보고 있지 않았다. 눈을 앞으로 돌렸을 때 이미 사고가 난 후였다.

"저년이 갑자기 차도로 뛰어들었지?"

형태는 사납게 물었다.

"으, 응."

"만약 경찰이 물어보면 그렇게 말해, 갑자기 저 여자가 뛰어들었다고. 알았어!"

"아, 알았어."

"좋아. 내가 알아서 할 테니까 넌 시키는 대로만 해. 이 바닥에서 살아남고 싶으면."

미수는 고개를 끄덕였다.

형태는 하늘이 도왔다고 생각하는 모양이었다.

모든 일이 끝나자 형태는 술이 깰 때까지 기다렸다. 다행히도 칵테일만 마셔서 그런지 술은 금방 깨었다.

그때였다.

멀지 않은 곳에 다른 누군가가 있다는 사실을 눈치챈 것은.

상준과 현득은 도영과 같이 자리를 하고 있었다.

도영은 무척이나 겁을 먹은 표정이었다.

"야, 정말로 어머니가 돈을 가지고 오시면 시간을 확실하게 벌 수 있는 거지? 그리고 현득이 네가 내 보증을 서는 거고."

도영이 상준과 현득에게 물었다.

사실 현득은 친한 사이가 아니다.

오랫동안 보지 못하다가 상준으로 인해서 얼마 전에 다시 만난 사이였다.

상준은 현득이 너를 도와줄 것이라고 말했다. 도영은 현득의 손을 잡고 고마워했다.

이번 일만 넘기면 어떡하든 보상하겠다는 말도 덧붙였다.

하지만 상황은 그리 좋아지지 않았다.

빚은 계속 늘고 늘어 더 이상 감당하지 못할 지경까지 이르렀다.

도영은 상준에게 전화를 걸어 도저히 이자를 감당할 수 없다고 말했다.

"하아, 미치겠네. 시간은 벌어 줬잖아. 갚을 수 있다면서? 이제 어떡하라고."

상준은 답답하다는 듯이 말했다.

―한 번만 더 도와줘. 누구 아는 사람 없어?

"이미 다 소개시켜 줬잖아."

―정말 미안하다. 친구 좋다는 게 뭐야. 딱 한 번만 더

도와주라, 부탁이다.

"알았어, 전화 끊어 봐. 다른 곳에 알아보고 연락 줄게."

상준은 현득에게 전화를 걸었다. 이미 상준과 현득은 서로 간의 잘 알고 있는 사이였다.

상준은 대부업을 하는 아는 형님 밑으로 들어가 착실하게 사채에 대해서 공부를 하고 있었고, 현득은 이미 소시오패스의 기질을 발휘하며 장기매매에 손을 댔다.

상준은 도영을 팔아먹기로 했다.

그에게서 빨아먹을 대로 모두 빨아먹었다.

이제는 더 이상 도영은 빚을 감당할 수 없는 지경에 이르렀다.

이 상황까지 오면 사고회로는 마비가 되고 만다.

머릿속에 오직 숫자로만 가득차서 어떤 식으로 돈을 벌어야 하며, 어떤 식으로 메꿔야 하는지만 생각하게 되는 것이다.

제아무리 대단한 도영이라고 하더라도 사회 경험이 너무 적었다.

그 혼자만의 능력으로 사채의 늪에서 빠져나오기란 불가능에 가까웠다.

딱 하나 빠져나올 수 있는 방법은 있다.

이자와 원금을 한꺼번에 모두 갚는 일이다.

하지만 상준은 그의 사정을 손바닥 꿰듯이 알고 있었다. 도영은 이제 끝이었다.

상준은 도영을 친구로서 보지 않았다. 그는 도영을 돈으로서만 보았다.

자신에게 눈 먼 돈을 갔다 바치는 병신 같은 새끼.

그 이상도 이하도 아니었다.

상준은 한 시간이 지난 시점에 도영에게 전화를 걸었다. 일부러 시간을 늦춘 셈이다.

그동안 도영은 똥줄을 타고 있었을 것이다. 밥도 먹지 못하고, 물 한 모금 마시지 못할 정도로.

—어, 나야. 어떻게 됐어? 알아봤어?

"그게 말이지…… 참나, 상당히 어려워."

—하아…… 정말, 미치겠네. 무슨 방법이 없을까?

"음, 딱 하나 있긴 있는데. 그게 좀 위험해서 말이야."

—무슨 일인데? 말만 해. 무엇이든 할 테니까.

"일단 이자만 얼마야?"

—처, 천만 원 정도 될 거야.

한 달의 천만 원이 넘는 엄청난 고액의 이자였다.

제1금융권이었다면 백만 원 정도 되는 빚이었겠지만, 도영은 알지 못했다. 이미 늪에 빠져 그런 생각을 할 여유도 없었다.

"그럼 일단 이자만 융통할 수 있어?"

—없지. 내가 돈이 없으니까 너한테 부탁을 하는 거잖아.

"어머니가 모아 두신 돈이라도 있을 것 아니야. 한 번 부탁해 봐."

—그, 그건…….

도영은 내키지 않았다.

집이 풍비박산이 났어도 꿋꿋하게 두 아들을 키우신 어머니였다.

그런 어머니에게 다시 한 번 큰 좌절과 상처를 주고 싶지는 않았다.

그가 악착같이 열심히 돈을 벌었던 이유가 바로 어머니를 편하게 모시고 싶었기 때문이었다.

그렇기에 망설일 수밖에 없었다.

"잘 생각해 봐. 일단 원금을 어느 정도 갚고, 한 달 이자를 갚아. 그럼 한숨은 쉴 수 있잖아? 물론 다음 달에 이자도 훨씬 싸질 테고. 다음 달까지 목숨 걸고 돈을 벌어. 그럼 조금씩 원금을 탕감해. 이번만 넘기면 돼. 못해도 일 년이면 갚을 수 있을 거야."

—그, 그럴 수 있을까?

"내가 장담하지. 나 믿지? 너의 가장 친한 친구인 상준이잖아. 내 말 믿고 어머니께 한 번 말해 봐."

─후, 알았어······.

어쩔 수가 없었다.

어머니께는 죄송하지만 그가 감당할 수 있는 수준은 이미 벗어났다.

도영은 어머니께 전화를 걸었다. 어머니는 무슨 일이냐고 묻지 않으셨다.

그저 알겠다고만 대답했다.

언제까지 필요하냐고도 물었다. 도영은 오늘 밤까지 필요하다고 대답했다.

도영은 상준과 종로에서 만나 저녁을 먹은 후 행주대교 근처에 있는 공장 단지로 들어섰다.

그곳에는 이미 현득이 나와 있었다.

그가 이곳에 나와 있는 도영은 알지 못했다.

"이 친구가 보증을 서 줄 거야. 안심해도 돼."

"보증? 현득이가 왜?"

"쌍방 보증이라고 그런 것이 있어. 서로가 서로에 대해서 보증을 서는 거지. 걱정할 필요는 없어."

상준은 불안해하는 도영을 안심시켰다.

내심은 달랐다.

도영은 이미 대출상환금의 날짜를 어겼다. 또한 그는 도영과 체결한 이중 계약서를 가지고 있었다.

원금을 갚지 못할 시 장기를 매매하겠다는 이중 계약서였다.

이자를 받으면 도영을 현득에게 넘길 심산이었다.

현득과 상준이 나눠 같은 돈은 각각 삼천만 원이 조금 넘었다.

상준은 마지막까지 자신에게 큰 이득을 준다며 도영이는 진정한 친구다, 라고 생각했다.

"어머니는 언제 오시지?"

"음, 잠깐만 전화해 볼게."

도영은 어머니에게 전화를 걸었다. 어머니는 도착해서 걸어가고 있다고 말했다.

십 분이 채 되지 않아 어머니가 보였다. 어머니는 도영을 향해 곧장 걸어왔다.

"어머니, 여기예요!"

도영은 어머니를 보며 손을 흔들었다.

그 순간이었다.

쾅!

엄청난 속도로 달려온 차량 한 대가 어머니를 들이받은 것이다.

어머니는 높게 떠오른 후 콘크리트 바닥에 떨어졌다.

목과 다리가 기이하게 꺾인 채 어머니는 도영을 바라보고 있었다.

엄청난 양의 피가 시커먼 바닥에 흘러내렸다.

차에서 내린 건장한 사내는 머리를 쥐어 잡았다. 그리고 차를 살핀 후, 증거가 될 만한 부품들을 치웠다.

놈은 증거인멸을 시도하고 있었다.

"어, 엄마! 엄마!"

도영의 눈이 뒤집혔다. 그는 사고가 난 방향으로 튀어 나 갔다.

"야! 야!"

갑작스러운 상황에 상준이 도영을 만류했다.

하지만 도영은 이미 사고가 난 곳으로 저만치 달려가고 있었다.

상준은 현득을 바라봤다.

그는 고개를 가로저었다.

이곳에 목격자가 있어서는 안 된다. 장기매매는 엄격히 법적으로 금지가 되어 있으니까.

더군다나 현득이 운영하는 장기밀매 조직은 살인까지도 불사하지 않던가.

잡히면 사형이다.

"잡아!"

상준과 현득이 뛰었다. 그들은 도영을 향해서 빠르게 다가갔다.

어머니의 사고를 목격해서인지 도영은 움직임은 빠르지 않았다.

눈물을 줄줄 흘릴 뿐 사고가 제대로 돌아가고 있지 않은 듯했다.

도영을 따라잡은 상준이 그의 어깨를 잡았다.

"놔!"

도영은 상준의 손을 뿌리쳤다.

"이 새끼가."

울컥하는 상준이었다.

도영을 돈으로 봤을 때부터 상준은 도영을 친구로 여기지 않았다.

하나의 물질로만 봤다는 말이 옳을 것이다.

그러니 지금처럼 자신에게 막 대하는 모습은 참을 수가 없었다.

키우는 개가 주인에게 덤빈다고 느꼈다.

상준은 바닥에 있던 벽돌을 주었다. 그러고는 도영의 뒤통수를 향해서 내려쳤다.

빠각!

뭔가가 부서지는 소리가 또렷하게 울려 퍼졌다. 도영은 힘없이 바닥에 엎어지고 말았다.

"어…… 엄…… 마, 어…… 엄…… 마."

도영은 엄마라는 단어를 되뇌었다.

그의 깨진 머리에서 엄청난 양의 검붉은 피가 흘러나와 아스팔트를 적셨다.

"아, 씨발. 이걸 어쩌지?"

상준은 구둣발로 바닥을 차며 머리를 마구 헝클었다.

현득은 쓰러져 있던 도영을 가만히 내려다보았다. 그는 한쪽 무릎을 꿇고 성호를 그었다.

"아름다운 자, 빛나던 너 역시 죽을 때는 이토록 초라하구나. 하지만 걱정 마. 너의 육체는 일곱 명에게 나눠져 영원히 살게 될 거야."

현득은 부들부들 떨고 있는 도영의 눈을 감겨 주었다.

그리고 뒤쪽 건물 뒤에 숨어 있던 부하 두 명을 불렀다.

두 명의 부하들이 커다란 아이스박스를 가지고 와 도영을 그곳에 담았다.

도영의 몸은 차가운 아이스박스 안으로 가라앉았다.

"자, 남은 일도 처리해야지."

상준과 현득은 형태를 향해서 다가갔다.

순식간에 벌어진 일에 형태는 매우 당황을 하고 있었다.

처절하게 엄마를 부르는 소리를 따라가니 한 남자가 차가운 아이스박스 안에 담기고 있던 것이다.

형태도 생각지 못한 일이었다.

그러나 이내 냉정을 되찾았다. 그는 빠르게 상황을 정리했다.

그가 친 이 중년의 여인은 쓰러진 사내의 엄마. 그리고 저 사내들은 쓰러진 사내를 죽였다.

아마 이곳에 중년 여인이 온 이유도 저 사내 때문일 것이다.

즉, 이들도 쓰러진 사내를 처리할 목적이었던 것이다.

하지만 자신은 목격자. 살려 둘 리가 없었다.

그러나 이들도 모르는 것이 하나 있었다. 그것은 바로 자신이 나진 기업의 김형태라는 것.

이들보다 몇 십 단계나 위에 있는 신의 아들이었다.

현득과 상준이 칼을 빼내 들었다. 그리고 형태와 미수에게 다가갔다.

"어이, 형씨, 재수가 없었다고 생각해요. 우리도 이러고 싶은 생각은 없었는데. 하필 여기서 사고를 낼 게 뭐람."

상준이 이죽거렸다.

그러고는 쓰러져 있는 도영의 어머니 품을 뒤져서 삼천만 원을 꺼냈다.

"이건 보너스인데. 이자들도 반띵이다."

상준은 현득을 보며 빙그레 웃었다.

형태와 미수를 현득에게 맡겨 장기를 빼낼 생각이었다. 이들의 대화 내용을 대충 알아들은 형태는 입술 끝을 올렸다.

"당신들 내가 누군지 아나?"

"뭐? 우리가 알아야 해?"

형태는 어깨를 으쓱거렸다. 이런 종자들과는 기 싸움에서 져서는 안 된다.

강한 자에게는 약하고, 약한 자들에게는 악귀처럼 악랄한 자들이 바로 이들이었다.

방금 놈들의 손에 죽은 사내도 분명 약하디약한 자일 것이다.

"나랑 거래를 하지."

"이 형씨가 뭐라는 거야? 뭐, 잘못 먹었나?"

상준은 형태를 향해 칼을 흔들었다. 당장이라도 달려가 형태의 목을 딸 자세였다.

그때 현득이 상준의 어깨를 잡았다.

그는 상준을 향해서 고개를 좌우로 흔들었다.

현득은 무엇인가 이상함을 느끼고 있었다. 형태에게서 살기를 느끼지는 못했다.

하나, 알 수 없는 위압감이 있었다.

이런 상황에서도 태연하다는 것은 배포가 그만큼 크다는

말과도 같았다.

어지간한 담력을 가진 사람이라고 하더라도 이런 상황에 부딪치면 제정신을 유지하지 못한다.

사람을 차로 치고, 앞에서는 머리가 깨져 죽는 사람을 보았다.

이런 상황에서 담력만으로 버틸 수 있는 자가 있을까.

아니다.

거만한 눈빛으로 자신들을 바라보는 저자가 특이한 것이다.

"왜?"

어깨를 잡힌 상준은 눈살을 찌푸리며 물었다.

현득은 그의 말에 대답하지 않았다. 대신 형태를 날카롭게 쏘아보며 물었다.

"당신…… 누구지?"

"나는 김형태라고 하지."

"김형태?"

"그래, 나진 기업의 후계자."

"나, 나진 기업!"

나진 기업이라는 말에 현득과 상준은 동시에 헛바람을 터트렸다.

나진 기업은 대한민국에서만 알아주는 굴지의 기업이

아니었다.

전 세계로 비약하는 글로벌적인 기업이었다. 일개 시민들이 상대할 수 있는 기업이 아닌 것이다.

나진 기업에만 딸린 식구가 10만 명이 넘는다는 통계가 나올 정도로 어마어마한 규모를 자랑했다.

"거짓말."

상준이 말했다.

TV에서나 볼법한 그런 존재가 눈앞에 있다는 것이 믿기지가 않았다.

"믿지 않으면 어쩔 건데? 여기서 나를 죽여서 입막음을 할 텐가? 그럼 그렇게 하도록 해. 하지만 이것 하나는 장담하지. 자네들은 일주일도 못 돼서 싸늘한 시체로 발견될 거야. 자네들뿐만 아니야. 자네들 가족, 일가친척들까지 모조리 큰 피해를 입게 될 거야. 도망을 쳐도 돼. 지구 반 바퀴를 날아서 브라질을 가든, 동유럽으로 가든 너희들은 반드시 잡히게 되어 있어. 나진 기업을…… 우습게 보지 마."

이제 주도권은 형태에게로 넘어갔다.

상준과 현득은 함부로 움직일 수가 없었다.

"그래서 우리 보고 어쩌라는 거지?"

현득이 물었다.

"나는 엿 같은 일을 당했고, 너희는 목격자야. 반대

로…… 너희가 살인을 저지르고, 내가 목격자지. 이럴 때는
어떡해야 할까?"

"서로 입을 다물자는 얘긴가?"

"그것으로는 안 되지. 너희들이야 입 닥치고 숨어 살면
되지만, 나는 아니거든. 나 같은 위치에 있는 사람이 바퀴벌
레처럼 살 순 없잖아?"

현득과 상준의 얼굴 근육이 경직되었다.

자신들을 바퀴벌레로 비유한다는 것쯤은 못 알아들을 리
가 없었다.

"그래서?"

"그래서요, 겠지."

존댓말을 요구한다.

분위기에 압도되어 현득과 상준은 아무런 말을 할 수가
없었다.

정말로 형태가 나진 기업 회장의 아들이라면 손도 못 쓸
거물인 것이 확실했다.

"그래서…… 요."

일단 형태의 말을 따를 수밖에 없었다.

만약 놈이 지금 거짓말을 하고 있는 것이라면 장기를 빼
내고 살코기는 개먹이로 주면 된다.

"너희는 내 약점을 알고 있고, 나도 너희 약점을 알고 있

다. 서로 죽여 버리는 것이 마음 편하지. 왜? 약점이 사라지니까. 하지만 그렇게 되면 양쪽의 목숨도 위험해. 나도 죽고, 너희들도 죽어. 아주 머리 아픈 상황이지. 그러나 이 상황을 간단하게 처리할 수 있는 방법이 있어."

"그것이 뭐죠?"

"너희들이 내 밑으로 들어오는 거야."

"……."

예상하지 못한 말이었다.

현득과 상준은 다시 말문이 막혔다.

"왜 우리가 당신 밑으로 들어가야 한다는 거죠?"

"내가 불안하기 때문이야. 너희를 내 우산 아래 두겠다는 소리지."

"우리에게 이득이 되는 일은?"

"너희들의 목숨을 보장하지. 그리고…… 어느 정도 경찰에 대해서 자유롭게 해 주지."

"경찰과도 연결이 되어 있다는 소린가요?"

"당연한 것 아닌가? 나 정도 되는 사람은 대한민국 누구와도 연결을 할 수가 있어."

"토사구팽이 되는 것은 사양하고 싶습니다만."

"계약서를 작성하지. 서로의 명줄을 쥘 수 있는."

현득과 상준의 마음이 흔들렸다.

솔직히 말하자면 지금은 외통수나 다름없었다. 그들에게 불행이라면 하필, 눈앞에 나타난 자가 대단한 기업 총수의 아들이라는 것이었다.

"잠시 생각할 시간을 주시겠습니까?"

"오 분 주지. 보다시피 시간이 촉박해. 누군가 이곳을 지나간다면 지금 한 말들은 모두 물거품이 되어 버려. 나는 나대로 살 길을 찾아야겠지. 물론 자네들의 목숨 따위는 내 안중에 없을 거야."

형태의 말이 맞았다.

누군가 이쪽으로 길을 들어 이 상황을 보게 된다면 큰일이 아닐 수 없었다.

현득과 상준은 의견을 나눴다. 의견이랄 것도 없었다. 그들은 자신들이 살 길에 대해서 본능적으로 알아차렸다.

형태의 밑으로 들어가야 한다.

"좋습니다. 그쪽 밑으로 들어가겠습니다."

현득이 말했다.

"잘 생각했어."

그들은 곧바로 계약서를 작성했다.

똑같이 쓴 계약서를 서로가 나눠 가졌다.

계약서 안에는 서로가 치명적일 수 있는 내용이 적혀 있었다.

형태는 형사 반장으로 있는 강찬수에게 전화를 걸었다. 강찬수와 배도일은 한 시간도 되지 않아 날듯이 그들이 있는 곳에 도착했다.

강찬수와 배도일은 자신들이 이 일을 맡을 테니 안심하라고 말했다.

형태는 현득과 상준을 그들에게 소개시켜 주며 뒤를 잘 봐 달라고도 부탁했다.

강찬수와 배도일을 그러겠노라고 대답했다.

마지막으로 형태는 변호사를 불렀다.

현득과 상준은 도영의 시체를 가지고 자리를 떴다. 곧바로 아지트로 돌아간 그들은 도영의 시체를 조각 내서 장기를 원하는 사람들에게 팔아 버렸다.

이제부터 짜 맞춰 놓은 각본이 톱니바퀴처럼 돌아가기 시작한 것이다.

*　　*　　*

상준의 말을 들은 유정은 분노를 금치 못했다.

금수만도 못한 놈들이란 이자들을 두고 하는 소리였다. 어찌 인간의 탈을 쓰고 그런 짓을 아무렇지도 않게 행하는지 이해를 할레야 할 수가 없었다.

"오빠의 동생, 도영 씨의 장기를 드러내어 팔았다고? 정육점에서 파는 고기처럼?"

유정은 시퍼렇게 날이 선 눈빛으로 상준을 바라보며 물었다.

"그랬지."

"왜? 고등학교 친구였다면서."

"왜긴, 당연한 거 아니야? 돈 때문이지."

"세상 누구도 돈 때문에 친구를 그토록 잔인하게 죽이지 않아."

"순진한 아가씨구만. 그런 사람들은 비일비재해. 돈 때문에 친딸의 척추도 부러트리고, 보험금을 타 내는 시대야. 어머니의 재산을 차지하기 위해 형과 어머니를 목 졸라 죽이고, 토막 내서 버리는 시대야. 보험금 때문에 아내를 강물에 빠트려 죽이는 시대야. 우리는 이런 시대에 살고 있다고? 욕망의 시대란 말이지."

"당신이 말하는 것은 궤변이야. 대다수의 사람들은 그렇게 살지 않아!"

"아니, 욕망을 표현하는 방법만이 다를 뿐이야. 가지고 있는 마음은 모두 같아."

"절대로 너의 궤변에 동의할 수가 없어."

"마음대로 생각해. 당신에게 내 생각을 강요하는 것은 아니니까."

유정은 말없이 상준을 노려보았다.

상준은 헤죽헤죽 웃으며 의자에 앉은 채 어깨를 으쓱거렸다.

자신이 무슨 잘못을 했기에 그런 표정을 짓느냐, 라는 행동이었다.

"형태와 썼다던 계약서는 어디에 있지?"

한참을 노려보던 유정이 입을 열었다.

"이거?"

상준은 속주머니에서 종이 두 장을 꺼냈다.

하나는 미리 슬쩍한 현득의 계약서였고, 다른 하나는 본인의 계약서였다.

"내 목숨 줄이니 이렇게 소중하게 가지고 다니지. 원래대로라면 어딘가에 숨겨 놓을 텐데……. 도수, 개자식이 내가 아는 곳을 다 뒤지고 다녀서 말이야. 어쩔 수 없이 이렇게 가지고 다니지."

"보여 줘."

"염병하고 앉아 있네. 그렇게는 못 하지."

상준은 자리에서 일어났다. 그는 정장 상의를 벗어 앉아 있던 의자에 던졌다.

그가 왜 정장 상의를 벗었는지 유정은 대번에 눈치챘다.

상준의 눈빛이 성욕으로 번들거렸다.

"네가 도수의 여자란 말이지? 더군다나 K대학교 출신의
엘리트 기자. 보통 때라면 나 같은 놈은 발톱의 때만큼도 취
급하지 않았겠지."

"잘…… 아네."

유정은 침대에서 일어나 주춤주춤 뒤로 물러났다.

상준이 그녀에게 다가갔다.

입에서 더운 입김이 나왔다. 혀로 입술을 핥는 모습이 무
척이나 역겨웠다.

"아주 자극적이야, 도수의 여자를 안을 수가 있다니. 놈
의 눈이 뒤집힐 생각을 하니 미치도록 짜릿해."

다가온 상준은 유정의 턱을 잡았다.

"놔, 이 새끼야!"

"왜 이래? 이미 다른 놈들한테 돌려 가면서 먹힌 거 다
알고 있어. 한 번 정도 더 대 줘도 되잖아? 얌전히 있으라
고."

유정은 몸을 심하게 뒤틀었다.

그럴수록 상준의 성욕만 자극할 뿐이었다. 그는 유정의
턱을 강하게 잡고는 억지로 키스를 했다.

그의 혀가 유정의 입술을 핥았다.

소름이 끼치도록 싫었다. 입술에서 개미가 기어 다니는

느낌이었다.

상준은 다른 한 손으로 유정의 가슴을 움켜쥐었다.

얼마나 강하게 잡았는지 유정의 입술에서 신음 소리가 흘러나왔다.

"이것 봐, 너도 흥분하잖아."

고통과 신음소리를 구별하지 못하는 상준이었다.

유정은 한 손을 더듬었다. 탁자 위에 있던 스탠드를 잡았다.

그것으로 상준의 머리통을 강하게 후려쳤다.

빠직!

상준은 고통스런 신음을 흘리며 바닥에 쓰러졌다.

"크흑, 이 씨발…… 년이."

상준이 일어서려고 한다. 유정은 빠르게 움직여 그가 앉아 있던 의자를 머리 위로 들어 올렸다.

그리고 다시 한 번의 그의 머리통을 내려쳤다.

빠직!

나무로 된 의지가 산산조각이 나고 말았다. 상준도 충격이 컸는지 그대로 쓰러져 의식을 잃었다.

"후욱, 후욱."

유정은 숨을 골랐다. 그녀는 쓰러져 있는 상준의 속주머니를 뒤져 지갑을 꺼냈다.

트레이닝복 주머니에 넣고 창문 쪽으로 다가갔다.

우당탕탕—

방금 전의 소음을 듣고 일층에서 경호원들이 올라오고 있는 소리가 들렸다.

시간이 없었다.

그녀는 최대한 멀리 창문에서 떨어진 후 있는 힘껏 도움닫기를 했다.

가속도가 붙으며 그녀의 가녀린 몸이 강화유리에 부딪쳤다.

꽈직!

하늘이 도왔는지 유리는 단번에 깨져 나갔다. 깨진 유리가 그녀의 몸을 난도질했다.

유정은 이를 악물었다.

육체의 고통쯤이야 얼마든지 참을 수가 있었다.

그녀는 꽤나 멀리 날아 담벼락까지 뛰어넘을 수가 있었다.

"아아악!"

상당한 거리를 뛰어 맨발로 바닥에 떨어졌다. 발목이 삐끗하여 엄청난 고통이 밀려왔다.

일어서다 몇 번을 주저앉았다. 그러나 그렇게 바닥에 주저앉아 있을 수만은 없었다.

놈들이 다시 일층으로 내려와 밖으로 나오려고 한다.

유정은 절뚝거리며 아스팔트를 뛰었다.

거리는 가로등이 있어서 어둡지 않았다. 하지만 지나다니는 사람들은 한 명도 보이지 않았다.

그녀가 붙잡혀 있던 별장 뒤쪽으로는 산이 있었고, 앞으로는 논밭이었다.

논밭을 가르는 도로는 중앙에 하나뿐이었다.

유정은 이를 악물고 거친 도로를 뛰어갔다. 맨발이기에 작은 돌들이 박혀서 무척이나 고통스러웠다.

"저기 있다! 잡아!"

경호원들이 별장 밖으로 뛰어나왔다. 유정을 발견한 그들은 빠르게 뛰기 시작했다.

순식간에 거리가 좁혀졌다.

부르르릉.

마침 유정의 앞으로 스쿠터 한 대가 지나갔다. 그녀는 양팔을 벌려 스쿠터를 세웠다.

환갑이 넘어 보이는 시골의 촌로. 그는 깜짝 놀라 스쿠터를 세웠다.

"죄송합니다, 정말로 죄송합니다."

유정은 촌로를 밀었다. 그는 '어이쿠' 소리를 내며 옆으로 쓰러졌다.

유정은 재빨리 스쿠터에 올라탔다.

경호원들과의 거리는 무척이나 가까웠다. 금방이라도 잡힐 것 같았다.

그녀는 액셀을 당겼다. 스쿠터는 부르릉 소리를 내며 앞으로 튀어 나갔다.

다시 놈들과의 거리가 벌어진다.

이대로라면 놈들에게서 벗어날 수 있을 듯싶었다.

"악!"

뭔가가 그녀의 옆구리에 박혔다.

놈들 중에 한 명이 던진 군용단검이 유정의 옆구리를 뚫고 들어왔다.

군용단검은 손가락 깊이로 깊게 박혀 있었다. 조금만 움직여도 내장을 후벼 팠다.

미치도록 고통스러웠다.

"쿨럭쿨럭."

유정의 입에서 상당한 양의 피가 튀어나왔다. 하마터면 옆으로 쓰러질 뻔했다.

그럼에도 유정은 스쿠터의 핸들을 놓지 않았다.

오히려 액셀을 더욱 당겨 형태의 경호원들과 거리를 벌렸다.

부아아아앙—

경호원들의 걸음이 멈췄다.

뛰어서는 유정을 잡을 수가 없었다. 그들은 유정을 놓치고 만 것이다.

2.
죽음보다 깊은 사랑

WILD BE

유정은 차 한 대 없는 국도를 달리고 있었다. 차가운 바람이 몸을 꿰뚫었지만 그것을 느끼지 못했다.

손과 발이 얼음처럼 꽁꽁 얼어붙었다. 피부는 파랗게 변해 동상에 걸릴 위험도 있었다.

하지만 유정은 속도를 늦추지 않았다. 최대한 놈들과 멀리 떨어져야만 했다.

너무 많은 피를 흘려서 눈빛이 흐릿해졌다. 순간순간 정신이 나갔다 들어왔다를 반복했다.

내가 지금 어디에 있는 거지? 왜 스쿠터를 타고 있는 거지?

잠시간 자신이 무엇을 하는지도 깨닫지 못했다.

아, 그렇지. 오빠, 오빠를 찾아야 돼.

얼마나 달렸을까.

유정의 눈에 마을 구멍가게가 보였다. 무척이나 허름한 구멍가게.

수십 년 전에 지었을 법한 기와가 있는 낡은 집이었다.

구멍가게 앞에는 엄청나게 두꺼운 나무 한 그루가 서 있었다.

작은 우체통과 공중전화 박스도 보인다.

유정은 스쿠터를 구멍가게 앞에 세웠다.

구멍가게 위에 달려 있는 작은 조명 하나가 그녀를 비췄다.

드르륵.

유정은 구멍가게 미닫이문을 열고 들어갔다.

약간의 과자들과 생필품, 음료수가 다인 초라한 구멍가게였다.

주인은 보이지 않았다. 안쪽 미닫이문에서 TV소리가 흘러나오고 있었다.

"저…… 기요."

유정은 힘겹게 주인을 불렀다.

아무도 나오지 않았다.

힘이 부친다.

"저…… 기요."

유정은 조금 더 소리를 높여 주인을 불렀다.

"뉘요."

미닫이문이 열리고 늙은 노파가 밖으로 나왔다. 허리가 무척이나 굽은 할머니.

그녀는 유정을 보고는 무척이나 놀랐다. 온통 피투성이니 그럴 수밖에 없었다.

"아이고, 이게 무슨 날벼락인교. 무슨 일 당했어요?"

노파는 호들갑을 떨었다.

"사고를 당했어요. 저기 편지지 하나랑 우표 좀 주세요, 볼펜도."

"아니, 지금 그게 왜 필요한교? 병원에 가야제!"

"일단 이것부터요. 제가 알아서 병원에 갈 테니까, 제발."

유정은 애원하듯이 말했다.

그녀의 말투가 너무도 간절하여 노파는 더 이상 다른 말을 할 수가 없었다.

편지 봉투를 받은 유정은 겉에 집주소를 적었다.

그리고 상준에게서 뺏은 계약서 두 장을 넣었다.

다른 종이 두 장에 유민과 아버지에게 보내는 편지를 썼다.

사랑하는 아버지.

저 유정이에요.

갑자기 편지를 쓰게 돼서 놀라셨죠? 죄송해요. 어렸을 적에는 종종 이런 편지도 쓰고 그랬는데.

바쁘다는 핑계로 키워 주신 아버지께 편지 한 통 쓰지를 못했네요.

너무도 사랑하는 아버지.

정말 죄송하지만 이것이 아버지에게 보내는 마지막 편지가 될 것 같네요.

아무래도 저…… 먼저 어머니 곁으로 가야 할 것 같아요.

여기까지 쓴 유정은 북받쳐 오르는 감정을 참지 못하고 눈물을 흘렸다.

그녀의 눈물이 편지지 위로 떨어졌다.

유정은 허공을 본 후 눈물을 삼킨 뒤 계속 글을 써 나갔다.

아버지, 운동 꾸준히 하시고요. 혈압도 높으신데 술은 자제하세요. 오래오래 사셔야죠.

시금치 싫어하시지만, 몸에 좋으니 꼭 드세요. 반찬 투정 그만하시고요.

어렸을 적 엄마와 함께 동물원에 갔던 기억이 떠오르네요. 아버지가 그러셨죠? 우리 딸내미 손자 낳으면 다시 한 번 동물원에 오자고.

저는 그러자고 대답을 했지요.

사랑하는 아버지.

그 약속 지키지 못해서 죄송해요.

저도, 사랑하는 신랑과 사랑하는 자식을 데리고 엄마, 아빠와 같이 동물원에 가고 싶었는데……

건강하세요.

꼭 오래오래 사셔야 돼요.

불효자 유정 올림.

억지로 눈물을 참고 썼다. 그 편지를 다시 편지지에 넣었다.

마지막으로 유민에게 편지를 써서 보낼 차례였다.

"쿨럭쿨럭."

다시 심하게 기침이 나왔다. 너무 심해서 멈출 기미가 보이지 않을 정도였다.

기침 사이로 간간히 피가 섞여 나왔다. 노파는 그런 유정을 걱정스럽게 바라보고 있었다.

유정은 힘겹게 볼펜을 들어 유민에게 편지를 써 나갔다.

안녕, 유민.

누나야.

누나한테 편지 처음 받아 보지? 20년을 넘게 살면서 남매끼리 편지를 처음 쓰다니 좀 그렇다.

매일 같이 티격태격 싸워 왔는데 지금 생각해 보면 그것도 추억이구나.

보고 싶다, 유민아.

왜 이런 얘기를 하냐고?

음, 참으로 좋지 않은 소식을 전하려고 해. 아마 이 편지가 너에게 도착했을 때쯤은 누나는 엄마를 만나고 있을 거야.

무슨 말인지 알겠지?

아참, 여기 두 장의 계약서가 있어. 이걸 오빠에게 전해 줬으면 좋겠어.

그냥 전해 주면 돼.

유민아.

곧 너는 사실을 알게 될 거야.

하지만 겉으로 드러난 사실과 진실은 다르다는 것을 알아줬으면 좋겠어.

오빠를 미워하지 마.

오빠를 믿어 줘.

그게 나를 믿는 길이야.

사랑하는 내 동생 유민아.

이제 비록 보지는 못하겠지만, 영원히 사랑한다는 것은 알
아줬으면 좋겠어.

아버지 잘 모시고.

정말로, 정말로 사랑한다.

                                                        누나가.

편지를 모두 쓴 유정은 우표를 붙였다.

편지 봉투에 피가 묻을까 봐 조심스럽게 들고는 밖으로
나왔다.

노파가 계속해서 괜찮냐고 물었다. 유정은 괜찮으니 들어
가서 쉬시라고 대답했다.

유정은 비틀거리며 구멍가게를 나왔다. 작은 우체통 속에
편지를 넣었다.

그리고 옆에 있는 공중전화 박스로 향했다.

마지막으로 도수의 목소리를 듣고 싶었으니까, 조금만 더
힘을 내야 한다.

"쿨럭쿨럭."

기침이 심해졌다.

몸의 힘이 점점 빠지고 있었다. 금방이라도 푹 주저앉을 것만 같았다.

유정은 가까스로 공중전화 박스에 닿았다.

상준의 지갑을 뒤져 동전을 꺼냈다. 동전을 공중전화 박스에 넣고 도수에게 전화를 걸었다.

뚜르르르—

다행이다.

전화벨이 울렸다.

—여보세요.

도수의 목소리가 들렸다.

무척이나 화가 난 목소리.

당연히 그럴 것이다.

미친놈들이 동영상을 보냈을 테니까.

"오…… 빠."

유정은 도수를 불렀다.

—유, 유정이니? 어디야. 몸은 괜찮아?

도수의 목소리가 다급하게 떨려 왔다.

다행이다.

동영상에 대해서는 묻지 않는구나. 그것을 물었다면 무척이나 창피했을 것 같은데.

"오빠, 보고 싶어."

—그래, 나도 너무 보고 싶다. 어디야, 오빠가 데리러 갈
게.

"아니야. 오빠, 지금은 이렇게 목소리를 듣고 싶어."

—무슨 소리야…… 괜찮으니까. 어디야, 오빠가 당장 데
리러 갈게. 미안해, 정말 미안해…….

도수의 흐느끼는 울음소리가 전화기 너머로 들려왔다.

유정이 납치된 이유가 자신 때문이라고 탓을 하는 듯했
다.

"오빠가 뭐가 미안해. 내가 정신머리 놓고 다닌 탓이지.
조심했어야 하는데……."

—보고 싶다, 유정아. 너무 보고 싶어.

"후후, 오빠한테 이런 말 들으니 너무 기분이 좋네. 아,
그리고 지금부터 할 말이 있는데 잘 들어야 해. 내가 두 번
말을 할 수 없을 것 같아서."

—무슨…… 얘긴데?

"일단 들어 봐."

유정은 상준에게서 들은 이야기를 토씨 하나 틀리지 않고
그대로 얘기해 주었다.

도수에게는 무척이나 잔인한 이야기가 될 터였다.

진실을 알게 되었을 때 그가 어떻게 변할지 능히 짐작이 갔다.

하지만 진실을 감출 수는 없었다.

용서?

죄는 용서하지 말되 사람은 용서하라고?

절대로 있을 수가 없는 일이었다.

유정이 말을 하는 동안 도수는 담담하게 들었다. 도영이 그렇게 당했다는 말을 했을 때 잠시 숨을 골랐지만, 이내 냉정을 되찾았다.

"내가 알아낸 이야기는 이게 다야."

—고마워, 진실을 알게 해 줘서.

"우리 오빠를 위해서 하는 일인데. 뭐, 중요한 것을 알아내지 못해서 미안해."

—아니야, 아니야……

"오빠, 나 잠시 앉을게. 일어서서 전화하기 힘들다."

유정은 수화기를 든 채 자리에 앉았다. 바닥에서 차가운 기운이 올라왔지만 개의치 않았다.

"쿨럭쿨럭."

유정은 한동안 기침을 계속했다. 도수는 말없이 듣고만 있었다.

그도 뭔가를 직감한 듯했다.

"오빠, 나 있잖아. 오빠랑 어서 결혼해서 아이를 갖고 싶었다? 오빠처럼 멋진 슈퍼맨 같은 사내아이를……."

―나는 유정이 닮은 딸을 낳고 싶은데.

"그리고 말이야. 나는 오빠와 같이 해외여행도 다니고 싶었어. 둘이서 똑같은 옷을 맞춰 입고, 선글라스 끼고, 손도 잡고 말이야."

―남들 다 하는 건데?

"남들이 다 하는 걸…… 우리는 못해 봤잖아."

―유럽 가서도 소주 찾을 건 아니고?

"헤헤, 오빠 참. 내가 무슨 술꾼인 줄 아나."

―우리 유정이 술꾼 맞거든.

"오빠랑 마시는 술이 가장 맛있거든."

―평생 마실 수 있을 거야. 당신이 먹고 싶은 술이 있다면 그것이 어디에 있든 사 줄 테니까.

"오빠…… 고마워."

―평생, 평생. 유정이가 하고 싶은 거 다 해 주면서 살게.

"너무 고마워. 오빠…… 그런데 나 너무 졸려."

―안 돼, 유정아! 잠들지 마, 오빠가 지금 갈 테니까. 잠들지 마. 자면 큰일 나. 그러니까 제발 잠들지 마!

"오빠, 그거 알아?"

―……뭐?

"나는 말이야. 오빠가 세상에서 제일 좋다? 하늘만큼 땅만큼 좋아."

─나도 그래. 그러니까 잠들면 안 돼. 오빠 화 낼 거야.

"미안, 나 잠시만 잘게."

유정의 손아귀에서 수화기가 떨어졌다. 수화기 너머로 도수의 울부짖는 소리가 들렸다.

바람이 세차게 불었다.

공중전화 박스 안에 앉아 있는 유정을 빼고는 주변에 아무도 없었다.

공중전화 박스 위에 있는 전등이 유정을 비추고 있었다.

유정은 다시 눈을 뜨지 않았다.

눈이 내리기 시작했다.

*   *   *

"안── 돼!"

도수는 미친 듯이 유정을 불렀다. 부르고, 부르고 또 불러도 유정은 대답하지 않았다.

"유정아! 제발 대답을 해 줘…… 부탁이야, 유정아."

도수는 바닥에 털썩 주저앉았다. 도저히 서 있을 기운이 없었다.

팔과 다리가 심하게 떨려 오고 있는 것도 인지하지 못했다.

"유정아."

수화기 너머에서는 아무것도 들리지 않았다.

"유정아."

어느새 배터리가 다 되어 전화기가 끊겼다.

"유정아."

도수의 두 눈에서 굵은 눈물이 뚝뚝 떨어졌다.

"유정아아아!!"

도수는 유정을 불렀다. 목이 찢어져라, 미친 듯이 유정을 불렀다.

그녀는 대답하지 않는다.

"으아아아아악!!"

도수는 폐건물 밖으로 나갔다. 폐건물 뒤편에 있는 얕은 야산을 향해서 뛰어 올라갔다.

그는 닥치는 대로 주먹을 내질렀다.

쾅! 쾅! 쾅!

나무의 기둥이 심하게 울릴 정도로 휘청거렸다. 도수의 주먹도 성치 않았다.

손등의 피부가 벗겨져 피가 튀었다.

아프지 않았다.

아픈 곳은 따로 있었다.

심장이 아팠다.

심장이 떨어져 나간 것처럼 심하게 아팠다.

놈들이 보낸 동영상 따위는 중요하지 않았다. 그녀가 상처를 받았다는 것이 너무도 고통스러웠다.

"으흑으흑으흑. 미안해, 유정아. 미안해……."

심장이 반 토막이 난다면 이러할까.

짝을 잃어버린 기러기는 추락한다.

그의 마음속에 남은 것은 분노보다는 좌절과 절망이었다.

좌절과 절망은 점점 크게 피어올랐다.

어둠이 밀려온다.

조금의 빛도 용납하지 않은 칠흑과 같은 어둠.

도수의 마음속에 남아 있던 환한 빛이 조금씩 사라져 갔다. 어둠은 거의 마음을 모조리 먹어 치울 때까지 멈추지 않았다.

어떡하든 살아남고자 하는 마음도 사라졌다.

유정과의 행복한 미래는 그들로 인해서 산산이 깨어지고 조각났다.

남은 것은 없었다.

손을 들어 봐도 작은 모래알처럼 스며 나갈 뿐이었다.

슬픔에 가득 차 있던 도수의 눈빛이 조금씩 바뀌어 갔다.

섬뜩한, 너무도 섬뜩한 눈빛.

눈빛에서는 인간이 가질 수 없는 광기가 서려 있었다.

이제 남은 것은 하나밖에 없었다.

놈들······.

그놈들을 씹어 먹어 주는 수밖에는.

도수의······.

잠재되어 있던 봉인이 풀렸다.

*   *   *

유정의 시신은 구멍가게 노파의 의해서 발견이 되었다.

경찰은 그녀의 신분을 알아내지 못해서 무척이나 애를 먹었다.

유일한 증거는 상준의 지갑이었다.

하지만 상준의 지갑에도 신분을 나타내는 주민등록증이나 운전면허증은 없었다.

하나, 곧 그녀의 신분을 알아낼 수가 있었다. 바로 그녀의 아버지가 유정의 실종신고를 했기 때문이다.

유정의 아버지와 유민이 병원을 찾았다.

시신을 확인한 그들은 유정의 시신을 부둥켜안고 한참이

나 울었다.

"도대체, 도대체 이게 어떻게 된 겁니까?"

유민이 울분을 못 이겨 소리쳤다.

담당 형사는 유민이 누구인지 잘 알고 있었다.

그는 경찰청 엘리트 코스를 밟고 있는 대한민국 최고의 경찰 중 한 명이었다.

하지만 그것은 그것이고, 지금은 피해자의 가족 중에 한 명이었다.

"칼에 맞았습니다."

"칼이요?"

"여기."

형사는 흰 천을 들추었다. 유정의 옆구리에 칼에 박힌 자국이 선명하게 남아 있었다.

"도대체 누가……."

"알아보고 있습니다. 곧 잡을 수 있을 겁니다."

"증거는 있습니까?"

"피해자의 주머니에서 남자지갑 하나가 발견되었습니다. 아무래도 용의자의 지갑인 듯합니다."

"제가 확인해도 되겠습니까?"

"음, 그냥 저희를 믿고 맡기시는 편이 좋지 않겠습니까?"

"아니요. 저도 확인을 해야겠습니다."

"후, 그러시죠."

길게 한숨을 내쉰 형사가 고개를 끄덕였다.

"자, 잠깐만요. 지금 우리 애가 살해됐다는 말씀이십니까?"

그들의 얘기를 들은 유정의 아버지가 끼어들었다.

그는 믿지 못하겠다는 듯이 형사를 잡고 물었다.

"정말입니까? 정말이에요? 우리 애가, 우리 애처럼 착한 아이가. 정말로 살해당했다는 말씀입니까?"

형사는 아무런 말을 하지 못했다. 그저 묵묵히 고개를 끄덕일 뿐이었다.

"있을 수 없어, 있을 수 없는 일이야. 으흑흑흑흑."

충격을 견디지 못한 유정의 아버지는 졸도를 하기에 이르렀다.

사랑하는 아내를 잃고, 딸마저 잃었으니 그의 마음이 어떠할지는 아무도 모를 것이다.

유정의 장례는 모교인 K대학교 병원에서 치러졌다. 많은 사람들이 숨소리도 내지 못하고 장례식장을 찾았다.

사람들은 위로의 말도 차마 건넬 수가 없었다. 유정의 아버지는 장례식장 한구석에서 정신이 나간 것처럼 우두커니 앉아 있을 뿐이었다.

상주가 된 유민이 밀려오는 손님들을 받았다.

"도대체 어떻게 된 거래? 그 예쁘고 능력 좋기로 소문난 유정이 왜 갑자기 죽은 거래?"

"듣기로는 성폭행을 당했다고 하던데. 정말일까?"

"설마 기자가? 아니야. 취재 도중 칼에 맞았다고 하던데?"

사람들의 의견은 분분했다.

그러나 유정의 정확한 사인을 아는 사람은 아무도 없었다.

유민은 누군가 한 사람을 찾았다. 반드시 있어야 할 사람이 연락이 되지 않았다.

유민은 핸드폰을 꺼내 도수에게 전호를 걸었다.

받지 않는다. 아니, 아예 연락처가 없다고 나왔다.

이상했다.

경찰에게 감은 무척이나 중요하다. 그는 엄청나게 불길함을 느끼고 있었다.

손도 댈 수 없을 정도로 불길한 기운이 그의 몸을 휘어감았다.

어쩌면 누나의 죽음이 매형과 관련된 것일지도 모른다는 생각을 가졌다.

혹시 매형이 누나를 죽인 것일까?

그럴 가능성은 충분하다.

매형이 떳떳하다면 이곳에서 같이 슬퍼하고 있어야만 했다.

누나의 죽음이 알려진 후부터 도수와의 연락은 끊겼다.

매형, 만약…… 매형이 누나의 죽음과 관련이 있다면 나는 절대로 용서하지 않아.

법의 심판? 그 딴 것은 개나 줘 버려. 반드시, 반드시 끝장을 내고 말겠어.

유진의 눈빛이 사납게 빛났다.

마침 아는 인물들이 무더기로 장례식장에 들어섰다. 현율실업의 직원들이었다.

기현과, 기동은 유진도 잘 아는 사람들이었다. 그들에게도 묻고 싶은 것이 산더미처럼 있었다.

그들과 맞절은 한 후 유민은 기현과 기동에게 따로 얘기할 것은 청했다.

기현이 유정의 죽음을 알게 된 것은 바로 몇 시간 전이었다.

그도 유정의 죽음의 큰 충격을 받았다.

며칠 전 호태의 죽음으로 유정이 납치되었다는 것은 알았다.

아끼던 부하 직원의 죽음이니 무척이나 안타까웠다. 그는 최선을 다해 호태의 죽음을 애도했다.

하지만 더욱 크게 그의 가슴을 짓눌렀던 것은 바로 유정의 행방이었다.

도저히 그녀의 행방을 찾을 수가 없었다.

어떤 놈들인지 솜씨도 기가 막혔다.

현율 실업에서 나름 열 손가락 안에 든다는 실력자인 호태가 제대로 반응도 하지 못하고 죽었다.

놈들은 프로.

그런 자들에게 납치가 됐으니 유정을 찾는 것은 쉽지가 않았다.

여유 가동 인원만 남기고 직원들을 모두 동원했지만, 결과는 마찬가지였다.

놈들이 유정을 납치한 이유는 도수를 꾀기 위함이었다. 도수만 그들에게 찾아간다면 유정은 무사히 풀려나리라 조심스럽게 예상했다.

물론 그것은 기현의 희망사항이었다.

최악의 상황이라는 것도 분명 존재했다.

그 최악의 상황이라는 것은 유정의 죽음이었다.

절대로 그런 상황까지 가서는 안 된다. 유정을 살리기 위해서는 한 가지 방법이 있었다.

그것은 형태와 직접적인 접촉을 현율 실업에서 하는 것이다.

기현은 결단을 내렸다.

현율 실업이 무너지는 한이 있더라도 유정을 위험에 노출시킬 수는 없었다.

그는 형태에게 연락을 취했다.

하지만 어찌 된 일인지 형태에게는 연락이 되지 않았다. 나진 소프트와 나진 건설에 연락을 해 봐도 마찬가지였다.

비서실에 직접 연락을 넣었지만, 나중에 연락을 주겠다는 반복적인 말만 해 주었다.

뭔가 벌어지고 있다는 것을 기현은 직감적으로 느꼈다.

조바심이 느껴졌다.

그리고 그의 기우는 현실이 되고 말았다.

유정의 행방을 찾던 부하직원 한 명에게서 연락이 온 것이다.

그것은 바로 유정의 사망 소식이었다.

"형님, 형님!"

기동이 기획실장실의 문을 벌컥 열고 들어왔다. 그의 얼굴은 매우 상기가 되어 있었다.

그는 기현이 앉아 있는 소파 옆에 털썩 주저앉으며 말했다.

"형님, 제가 방금 이상한 소리를 듣고 왔는데예. 그거 참말 아이죠? 형님, 형수님, 형수님이…… 돌아가셨다는 말 참말 아이죠?"

기현은 고개를 숙인 채 아무런 말을 하지 않았다.

"형님, 말 좀 해 보시오. 어떤 개호로 새끼가 말도 안 되는 말을 씨부려쌌다 아입니꺼. 말도 안 되는 개소리를예. 그거 참말 아이죠?"

기동이 재촉했다.

"형수님이……."

"예, 형수님이 뭐예?"

"돌아가셨다."

"차, 참 말입니꺼?"

기현은 힘없이 고개를 끄덕였다.

기동은 한동안 아무런 말을 하지 않았다. 잠시 넋이 빠진 것 같았다.

그의 머릿속에서 유정의 얼굴이 떠올랐다. 무척이나 자상한 여자였다.

도수의 거칠고 힘든 삶을 유일하게 보살펴 줄 여인이기도 했다.

갑자기 눈물이 났다.

눈물은 주체할 수 없게 그의 커다란 얼굴을 타고 흘렀다.

기동은 손등으로 눈물을 닦았다.

"아이고, 우리 큰형님 불쌍해서 어찌하노. 우리 큰형님 불쌍해서 어찌해."

넋두리를 하던 기동이 기현에게 물었다.

"범인은 형태지예⋯⋯?"

"아마도."

"내 이 개자슥을!!"

기동이 벌떡 일어났다.

"앉아."

"지금 앉아 있을 때입니꺼! 형수님이 무슨 죄입니꺼. 큰형님과 사랑한 죄밖에 더 있습니꺼! 이 개자식은 인간도 아입니더. 똑같이 놈의 주변을 쓸어버려야 합니더."

"나도 그러고 싶어!"

기현이 기동을 보며 소리쳤다.

"나도 그러고 싶다고. 하지만 지금은 참아. 지금 놈을 찾아갔다가는 개죽음밖에 안 돼. 우리도 형태를 찾았잖아, 하지만 찾을 수 없었어. 나진 기업이라는 공룡 그늘에 숨어 있기 때문이야. 놈이 모습을 드러낼 때까지 참아야 한단 말이다."

"언제까지예!"

"말했잖아. 놈이 모습을 드러낼 때까지."

"하아⋯⋯."

기동이 소파에 털썩 주저앉았다.

"형수님, 장례식장에 가 봐야지. 간부들 불러."

"알겠습니더. 큰형님은⋯⋯ 오실까예?"

"아니, 아마도 오지 않을 것이다."

"형수님이 돌아가셨는데. 안 옵니꺼?"

"큰형님의 마음을 조금이라도 헤아려 봐라. 가장 큰 괴로움에 몸부림 칠 사람이 바로 큰형님이다. 자신 때문에 형수님이 돌아가셨다고 얼마나 자책을 하겠냐."

"그래도……."

"장담하지만 장례식장 근처에 형태의 부하들이 반드시 있다. 놈의 눈에 띠면 복수고 뭐고 끝장이야. 큰형님은 어둠 속에 숨어서 기회를 노릴 거야."

"형태, 뼈까지 씹어 먹어도 속이 풀리지 않을 새끼."

"조금만 참아라, 복수할 기회는 반드시 온다."

"알겠습니다. 그놈들의 목은 제가 반드시 꺾어 버리고 말 거입니더."

기동은 주먹을 으스러지게 쥐었다.

현율 실업 간부들은 검은색 정장을 입은 후 K대학교 장례식장을 찾았다.

다행히도 꽤 많은 조문객들이 있었다.

유정의 아버지는 구석에 앉아서 정신을 놓고 있었다. 차관을 지내며 호랑이와 같은 성품을 지녔던 사람처럼 보이지 않았다.

갑자기 십 년 이상은 늙어 보였다.

유정의 어머니 장례식 때 봤던 모습과는 천지차이였다.

너무도 안쓰러운 모습이었다.

"형님."

잘생긴 사내가 헐레벌떡 뛰어와 기현과 기동에게 인사를 했다.

수능 성적이 거의 만점에 가까워 S대 법대 합격이 유력한 기철이었다.

그는 신림동에서 공부를 하고 있다가, 엄청난 비보를 듣고 급히 달려왔던 것이다.

"어떻게 알고 왔느냐?"

기현이 물었다.

"기동 형님께서 연락을 주셨습니다. 이게 도대체 어떻게 된 일입니까? 아직도 믿을 수가 없습니다."

얼마나 놀랐는지 기철의 얼굴색이 새파랗다.

기현은 그런 기철의 어깨를 손바닥으로 한 번 툭 쳐 주었다.

"정말로 이곳이…… 형수님 장례식장입니까?"

기철이 울먹였다.

도수와 유정은 물심양면으로 그가 공부를 할 수 있게 도와주었다.

항상 고마운 마음을 가졌고, 반드시 검사나 변호사가 되어 그들에게 평생 보답하겠다고 생각했다.

하지만 유정의 죽음이라니.

날벼락과도 같은 말이었다.

"들어가자, 들어가서 이야기하자."

"알겠습니다."

그들은 구두를 벗고 장례식장 안으로 들어갔다.

"오셨습니까."

상주를 하고 있던 유민이 그들에게 먼저 인사를 건넸다.

"네."

어떤 위로의 말도 할 수가 없었다.

말로서는 도저히 모두의 슬픔을 표현할 수가 없었다.

그들은 고인이 된 유정을 향해서 절을 올렸다.

영정사진 안에 유정은 무척이나 밝게 웃고 있었다.

기현과 민희의 결혼식 때 찍은 사진 같았다. 가슴이 더 찢어질 듯이 아파 왔다.

"으으…… 으으으흑."

가장 어린 기철은 슬픔을 참지 못하고 눈물을 흘렸다. 기동이 그의 어깨를 감싸 주었다.

절을 마친 그들은 유민과 맞절을 했다.

"저기, 잠시 저랑 얘기 좀 나눌 수 있겠습니까?"

유민이 기현에게 말했다.

"그러시죠."

기현은 고개를 끄덕였다.

유민은 사촌 동생에게 자리를 맡긴 다음 기현을 데리고 장례식장 안쪽으로 들어갔다.

가장 구석진 곳이라 사람들이 그들이 대화를 들을 수는 없었다.

혹시나 모르기에 다른 간부들이 그들의 옆자리와 뒷자리에 앉았다.

유민은 기현에게 술을 한 잔 따라 주었다. 기현은 술을 받은 후 유민에게 따라 주었다.

둘은 아무런 말없이 술은 마셨다.

소주 한 병이 금방 비워졌다.

"매형은 안 오십니까?"

유민이 가장 묻고 싶던 말이었다.

이들의 회장이 도수다. 그런데 도수는 어디 가고 부하 직원들만 왔단 말인가.

있을 수 없는 일이었다.

그것을 묻는 유민의 눈초리가 무척이나 사나웠다.

"무슨 의도로 그런 말씀을 하시는지 알고 있습니다. 하지만 회장님은 이곳에 올 수 없는 이유가 있습니다."

"왜요?"

"죄송합니다. 그것까지 말씀을 드리기가 난감합니다."

"흥, 매형, 아니, 마도수가 저희 누나를 죽였기 때문입니까?"

유민의 음성이 살짝 높아졌다.

직원들이 깜짝 놀라 그런 유민을 바라봤다.

기현도 당황스럽기는 마찬가지였다.

아무리 상황이 나빠도 그렇지 그런 의심을 한다는 것은 있을 수가 없는 일이었다.

아니, 유민이기에 그런 의심을 품을 수 있을지도.

"무슨 흉악한 소리를 하십니까! 회장님과 형수님의 사이를 아시지 않습니까."

"서는 직접 두 눈으로 봐야 믿겠습니다. 둘이 그렇게 사랑했다면 가장 먼저 이곳으로 와야 하는 사람이 마도수 씨 아닙니까?!"

"하아, 정말 설명을 할 길이 없습니다. 그러나 이것은 믿어 주셨으면 합니다. 회장님은 형수님을 세상에서 가장 사랑하셨습니다. 유민 씨만큼이나 가슴 아파 하는 분이 회장님이란 말씀입니다."

"……."

유민은 잠시 말을 멈췄다.

뭔가 곰곰이 생각을 하는 눈치였다.

"마도수 씨가 누나 장례식장에 나타나지 않는다. 뭔가 구린 것이 있다는 소리겠죠?"

"구리다니요. 말씀이 좀……."

"말이 심하다고요? 그럼 왜 나타나지 않는 거죠? 제가 말씀드리죠. 마도수 씨는 누나를 죽이지 않았을 수도 있죠. 하지만 간접적으로 개입이 됐을 수도 있습니다. 그렇기에 죄책감에 휩싸여 있는 겁니다. 차마 가족들을 볼 면목이 없어서 이곳에 나타날 수 없는 것입니다. 제 말이 틀렸습니까?"

기현의 미간이 좁아졌다.

경찰 대학을 우수한 성적으로 졸업하고 경찰본청에서 특채로 뽑아 갔다고 하더니 추리가 장난이 아니었다.

대충의 상황만을 놓고서 눈으로 본 것처럼 얘기를 하고 있었다.

이런 자에게는 거짓말이 통하지 않는다.

어설픈 거짓말은 유민의 경계심과 의구심을 증폭시킬 뿐이었다.

"제가 말씀드릴 것은 이것 하나뿐입니다. 제발 저희 회장님을 믿어 주십시오. 저희 회장님이 형수님을 얼마나 사랑했는지…… 그것만 생각해 주셨으면 합니다."

"글쎄요. 저는 제 눈으로 본 것만 믿습니다. 누나의 장례식이 끝날 때까지 마도수 씨가 나타나지 않는다면 저는 그 사람을 용의자 중에 한 명으로 판단하겠습니다."

"하아······."

유민의 분노는 보기보다 엄청났다.

그의 눈동자가 새파랗게 타고 있는 것처럼 보였다. 지금 유민에게 어떤 말을 하더라도 통하지 않는다.

그의 말대로 도수가 직접 나타나 해명을 해야만 풀릴 오해였다.

그러니 기현이 도수를 불러오는 것은 불가능했다. 일단 그도 도수가 어디에 있는지 알 수가 없었다.

유민은 누나를 죽인 상대를 무슨 일이 있더라도 잡아낼 생각이었다.

하지만 기현은 상대가 형태라고 말을 해 줄 수가 없었다. 그것은 그까지 위험에 빠트리는 일이었다.

김형태.

그를 상대할 사람은 자신과 같은 어둠 속에 사는 인물이여만 했다.

악은 악으로 제거할 수밖에 없으니까.

3.

진혼곡

WILD BEA

김형태의 부하 중에 한 명인 철환은 K대학교 장례식장 앞에서 차를 주차시켜 놓고 지나치는 행인들을 살피는 중이었다.

그는 나진 건설 대리라는 직함을 가지고 있었다.

하지만 나진 건설에서 그가 하는 일은 거의 없다고 봐도 무방했다.

사무실 직원은 스무 명이었고, 경호팀이란 이름이 붙었지만 김형태의 뒷일을 처리해 주는 처리반이라고 하는 것이 옳을 것이다.

철환에게 떨어진 명령은 장례식장에서 현율 실업 회장을

찾으라는 것이었다.

그에게 몇 장의 사진이 건네졌다.

키가 엄청나게 크고 근육으로 뒤덮인 사내. 머리가 짧고 얼굴에는 자상이 있어 사진으로 보기에도 무척이나 살벌했다.

이런 외모라면 멀리서 본다고 하더라도 한 번에 찾을 수가 있었다.

"아…… 함."

철환은 연신 하품을 했다.

하루 종일 차 안에 갇혀 있으니 지루했다. 차안에 재떨이에도 담배꽁초가 가득 찼다.

배도 고프고 소변도 급했다.

그는 차에서 내려 굳은 팔과 다리, 허리를 좌우로 돌려 스트레칭을 했다.

맑은 공기를 마시자 잠이 조금은 깨는 듯했다.

"설마 그동안 무슨 일이야 있겠어?"

철환은 급히 병원 안으로 뛰어갔다.

시원하게 소변을 본 후 패스트푸드점을 찾아 햄버거 두 개와 콜라, 감자튀김을 산 뒤 다시 차로 돌아왔다.

배가 고파서인지 대형 햄버거 두 개를 순식간에 먹어 치웠다.

대충 저녁을 해결한 그는 담배를 한 대 물었다.

재떨이가 가득 차 있어 차문을 열고 바닥에 재떨이 안에 있던 담배꽁초를 버렸다.

누가 뭐라고 하면 눈알에 담뱃불을 지져 넣을 생각이다.

다행히 그를 보고 뭐라고 하는 사람은 없었다.

담배를 모두 폈음에도 도수는 나타나지 않았다.

시간이 더 지났다.

장례식을 찾는 사람들의 발걸음이 뜸해졌다.

장례식장을 나가는 사람들은 있어도 찾아오는 사람들은 적었다.

새벽이 됐다.

장례식장은 조용하다.

철환에게도 잠이 밀려왔다.

하지만 잠을 잘 수는 없었다. 오전 9시 교대를 할 때까지는 잠을 자서 안 된다.

만약 잠이 들었다가 도수를 놓치게 되면 형태가 가만히 있지 않을 것이다.

회사를 잘리는 것만으로 끝나는 것이 아니었다. 그의 성격으로 보아 다시는 다른 회사에 취직을 하지 못하게 할 수도 있었다.

그렇게 되면 개인 사업을 하든지, 막노동을 뛰어야만 했다. 개인 사업을 할 돈은 없었고, 막노동은 하기 싫었다.

죽으나 사나 형태의 밑에서 시키는 일만큼은 제대로 해야 했다.

"아, 졸려서 미치겠네."

그는 주머니를 뒤져 껌을 하나 꺼내서 입에 넣었다. 그러고는 라디오를 켰다.

─이번에 들으실 곡은 푸치니의 허밍트로스입니다. 좋은 밤 되시고, 저 아나운서 이민영은 이만 물러갑니다.

곧 이어 아주 느리고 잔잔한 음악이 흘러나왔다.

"이런 젠장."

철환은 급히 라디오를 껐다.

하마터면 라디오를 듣다가 잠이 들 뻔했다.

마음을 안정시켜 주는 음악이 아니라 잠을 오게 하는 교향곡이었다.

그는 자신의 뺨을 손바닥으로 소리 나게 치며 잠을 참았다.

"어라?"

누군가 나타났다.

무척이나 키가 큰 사내. 얼굴은 확인을 할 수가 없었다.

낮이라면 확실하게 구별을 할 수 있었을 테지만, 달도 보이지 않는 새벽에 사람의 얼굴을 확인을 하기란 어려웠다.

일단 키가 크고 우람한 덩치라는 것은 눈대중으로 확인했다.

아무래도 직접 나가서 확인을 해야 할 듯싶었다.

"음⋯⋯?"

그런데 사내가 이쪽을 바라본다.

설마, 내가 이곳에 있는 것을 본 것은 아니겠지? 라는 생각이 들었다.

설마는 정말 본 것일까, 라는 생각으로 바뀌었다.

거구의 사내가 점점 이쪽으로 다가오고 있었다. 가까운 거리에 이르자 사내의 얼굴이 확연하게 보였다.

도수.

그자였다.

도수는 철환이 있는 곳을 향해서 똑바로 걸어왔다.

철환은 망설일 수밖에 없었다. 그가 이쪽으로 오는 이유를 잘 모른다.

정체가 드러났다는 확신도 없었다. 그렇기에 전화기를 들어서 보고도 하기가 애매했다.

일단은 상황을 지켜보기로 했다. 도수가 차 앞을 지나치면, 그때 본사에 연락을 하면 된다.

철환은 고개를 시트에 붙이고 잠을 청하는 시늉을 했다. 잠시 눈도 감았다.

약간의 시간이 지났다.

"갔나?"

철환은 살며시 눈을 떴다. 눈을 뜨고 나서 하마터면 소리를 지를 뻔했다.

깜짝 놀랐다.

도수가 운전석 바로 옆에서 그를 쳐다보고 있는 것이 아닌가.

도수라는 자…… 사진보다 훨씬 무서웠다.

무섭게 생겼다는 말이 아니었다.

이상할 정도로 그에게서는 사나운 기운이 풍겨지고 있었다.

마치 발가벗고 호랑이 앞에 서 있는 기분이었다.

도수가 창문을 똑똑 두드렸다.

철환은 한쪽 손으로 품에 있던 칼을 잡았다. 이 거리면 단숨에 놈의 목을 꿰뚫을 수가 있었다.

그러고는 창문을 열었다.

"뭡니까?"

철환이 물었다.

도수는 그를 보며 씩 하고 웃었다. 등골이 서늘할 정도로 감정이 없는 미소였다.

"너 말이야."

다짜고짜 반말이었지만 그것이 전혀 기분 나쁘게 들리지 않았다.

오히려 긴장감을 몇 배나 고조시켰다.

"나, 뭐요?"

"너는 형태에게 보내는 나의 메시지다."

갑자기 도수가 손을 뻗어 철환의 목을 움켜잡았다.

"커헉."

너무도 강력한 아귀힘에 철환은 제대로 된 대응도 하지 못했다.

품에 있던 칼도 꺼내지 못했다.

그 손을 빼내 도수의 손아귀에서 빠져나가기 위해 몸부림을 쳤다.

"커커커컥."

목이 부러지려고 한다.

도수는 다른 손으로 철환의 머리채를 잡았다. 강제로 위로 당겼다.

우드득.

말도 안 되는 일이 벌어지고 있었다.

그의 목뼈가 인간의 힘의 의해서 탈골이 된다.

목뼈가 부러짐과 동시에 철환의 의식은 사라졌다. 미칠 것과 같은 고통을 잊을 수 있게 된 것이다.

하지만 남은 그의 육체는 처절하게 응징이 되고 있었다.

뚜두둑.

목 주위의 근육이 파열되고 찢어졌다. 머리와 목 아랫 부분이 분리되기 시작한 것이다.

뚜뚜두둑.

그의 머리가 완전히 분리됐다.

뜯긴 목 부위에서 엄청난 피가 솟구쳐 차의 천장을 모두 적셨다.

철환은 믿지 못하겠다는 듯이 두 눈을 부릅뜨고 죽어 있었다.

도수는 그의 머리를 조수석에 던졌다.

예전이라면 심각한 죄책감에 시달렸을 것이다.

아무리 상대가 죽을죄를 지었다고 하더라도 살인을 지시하는 것만으로도 가슴이 답답했다.

하나, 지금은 전혀 그런 것이 느껴지지 않았다.

감정이 죽었다.

그의 마음속에는 새까만 어둠만이 지배를 하고 있었다.

"김형태, 너에게는 유정이 당한 고통보다 백 배, 천 배로 되갚아 주겠다."

서늘한 눈빛을 빛낸 도수는 천천히 장례식장 주차장을 떠났다.

　　　　　　　*　　　*　　　*

　유정의 삼일장이 끝났다.

　그녀는 일산 화장터에서 한 줌의 재로 사라졌다. 그녀의
육신은 영원히 사라지고 말았다.

　보고 싶어도 볼 수가 없으며, 만나고 싶어도 만날 수가
없다.

　유정의 친족들이 버스에 올라탔다. 유민의 사촌 동생이
유정의 유골함을 안았다.

　그들이 탄 버스는 행주대교 근처에 다다랐다. 어머니와
같이 한강에 뿌리기 위함이었다.

　기현을 태운 승용차는 버스를 뒤따랐다.

　도수가 없는 상황에서 끝까지 같이 있어 주기 위함이었
다.

　비록 유민이 의심의 눈초리를 거두고 있지 않지만, 할 수
없는 일이었다.

　자신이라고 하더라도 의심이 갔을 테니 말이다.

　행주대교 하단에 유족을 태운 버스 한 대와 네 대의 고급
승용차가 주차했다.

　미리 언질이 갔는지 뱃사공 한 명이 기다리고 있었다. 그

는 보트에 네 명까지 탈 수 있다고 말했다.

하지만 남은 친족은 유정의 아버지와 유민뿐이었다. 그들은 두 명밖에 없다고 말을 하고 보트에 올라탔다.

사촌들이나 친한 지인들은 선착장에서 대기를 했다.

기현과 기동은 담배를 입에 문 채 아무런 말을 하지 않았다.

그토록 얘기하기를 좋아하는 기동이라도 지금만큼은 아무런 말을 할 수가 없었다.

아니, 말을 할 마음도 생겨나지 않았다.

"꼭 천국에 가세요, 형수님."

기현이 작은 목소리로 말했다.

"형님 말대로 천국에 가시소. 형수님의 복수는 저희와 큰형님이 반드시 해 드리겠습니더."

기동도 작게 읊조렸다.

타타타타타.

엔진소리가 시끄럽게 울렸다.

강 한가운데로 나오자 매우 찬바람이 유정의 아버지와 유민을 휘감았다.

그들의 얼굴이 얼어붙어 코끝이 붉게 변했다.

유민은 유골함의 헝겊을 풀었다.

유골함의 뚜껑을 열자 하얗게 변해 버린 유정이 있었다.

유민은 유골함에 손을 넣어 유정을 한강에 뿌렸다.

"으으윽, 여보, 우리 사랑하는 딸이 당신 곁으로 가오. 우리 딸이…… 우리 딸이. 이 불효막심한 딸은 아비를 버리고 먼저 당신 곁으로 가는구려. 이 불효막심한 놈아! 이 불효막심한 놈아!"

지금까지 정신을 반쯤 놓고 있던 유정의 아버지의 입에서 오열이 터졌다.

이제 정말로 딸을 보낸다고 하니 미칠 것만 같았다.

그는 '안 돼! 안 돼! 이 불효막심한 딸년아. 제발 돌아와.'를 끊임없이 외쳤다.

유민도 눈물을 참지 못했다.

누나를 다시 볼 수 없다고 하니 머릿속이 새까맣게 타 버리는 것 같았다.

남자보다 더 남자답고, 불의를 참지 못하며, 사회의 질서를 위해 제 한 몸 아끼지 않았던 열혈 여성이었던 누나.

그런 누나가 이렇게 한 줌의 재로 사라질지는 꿈에도 생각하지 못했다.

"흑흑흑, 누나…… 누나."

굵은 눈물이 뚝뚝 떨어졌다.

그리고…….

누나의 죽음에 대한 진실을 반드시 알아내겠다고 맹세했다.

그 첫 번째 타깃은 사라진 매형, 아니, 도수.

도수는 멀리서 그들을 보고 있었다. 유민이 유정을 보내주고 있었다.

가슴이 찢어질 듯 아프지만 눈물이 말라 버린 것 같았다.

이제는 눈물이 나오지 않는다.

가슴은 싸늘하게 식어 갔다. 온몸에서 살육에 대한 충동만이 남아 있었다.

머릿속에는 온통 형태 생각뿐이었다.

놈을 어떻게 죽여야만 유정의 원한이 사라질까.

하나, 아주 작은 그리움은 남아 있는 모양이었다.

그녀와의 추억이 떠올랐다.

둘이서 손을 잡고 타종 소리를 들으며 새해를 맞이했던 일, 노량진에서 회를 먹었던 일, 영화를 봤던 일, 놀이공원을 갔던 일, 성폭행을 당한 아이를 취재 갔던 일, 그녀가 해준 음식, 둘이서 행한…… 조촐한 결혼식.

모든 일들이 머릿속에서 스치듯이 지나쳤다.

얼마 되지 않는 일이다.

하지만 무척이나 오래된 일 같았다.

서랍 속에 있는 낡은 빛바랜 사진을 떠올리는 기분이었다.

둘만의 추억은 그리 오래되지 않았음에도…….

도수는 등을 돌렸다.

형태를 단죄할 때까지 이곳을 찾아오지 않을 생각이었다. 그가 유정이 떠나간 이곳을 다시 찾을 때는 모든 일이 마무리가 되고 난 후일 것이다.

"형, 형님."

기동이 기현을 불렀다.

"왜?"

"방금 큰형님을 뵌 것 같은디요?"

"무슨 헛소리야?"

기현이 눈살을 찌푸렸다.

"정말 이라니께요. 저쪽 언덕에서 큰형님과 무척 비슷한 사람을 봤다니께요."

"정말?"

"네."

"가 보자."

기현이 언덕을 향해서 뛰었다.

기동도 그의 뒤를 쫓았다. 수태와 다른 간부들도 마찬가지였다.

만약 도수가 왔다면 무조건 만나야 한다. 만나서 다시 한번 지금 상황에 대해서 대처를 해야 했다.

이럴 때 일수록 우두머리가 있는 것이 훨씬 유리하다는 것이 기현의 생각이었다.

그들은 언덕에 올랐다.

하지만 도수는 보이지 않았다.

바닥에는 다 피고 버린 담배 한 가치가 떨어져 있었다.

그리고 강 쪽으로 향해 담배가 한 가치가 꼿꼿하게 서서 타들어 가고 있었다.

정말로 도수가 이곳에 왔을지도 모른다.

"빨리 찾아봐!"

기현이 소리쳤다.

그의 말에 따라 모든 간부들이 사방으로 흩어져 도수를 찾았다.

하지만 아무리 찾아도 도수의 머리카락 하나 발견을 할 수가 없었다.

*   *   *

유민은 잠시 병가를 냈다.

도저히 맨 정신으로 일을 할 수가 없을 것 같았다. 잠시만이라도 혼자 있고 싶었다.

아버지도 마찬가지인 모양이었다.

아버지는 방에서 나오지 않았다.

방안에서 TV소리가 들리기는 하지만, 제대로 보고 있는지는 알 수가 없었다.

유민도 방에서 나오지 않았다. 밤이 되도 불을 켜지 않았다.

어두운 방을 밝히는 것은 껌뻑이는 컴퓨터 화면뿐이었다.

아버지와 유민이 만나는 시간은 식사를 할 때뿐.

식사는 유민이 준비했다. 둘은 식탁에 앉아 아무런 말없이 식사만 했다.

아버지는 깨작깨작 식사를 하는 둥 마는 둥 하더니 이내 방으로 들어갔다.

유민은 '아버지, 몸 상하니 식사라도 제대로 하세요.' 라고 말을 하지만 유민의 아버지는 '됐다, 입맛 없다.' 라며 방으로 들어가 버렸다.

유민은 더 이상 말을 하지 않았다.

그는 혼자서 밥을 다 먹고 설거지를 하고 집 청소를 했다. 누나의 방도 빼 놓지 않았다. 누나의 방은 더욱 꼼꼼히 청소를 했다.

"에구, 우리 누나. 하여튼 어지럽히는 데는 선수라니까."

유민은 누나 방을 청소한 후 자신의 방으로 들어가 틀어박혔다.

그것이 일상이 된 것이다.

그렇게 며칠의 세월이 흘렀다.

식료품이 떨어졌다.

유민은 식료품을 사기 위해 마트로 향했다. 입맛이 없어 아무렇게나 손에 집히는 데로 물건을 사 왔다.

그러고 집에 대문을 열려는 순간이었다.

우편물이 와 있었다.

그러고 보니 지금껏 정신이 하나도 없어 우편물을 확인하지 못했다.

공과금 용지, 쓸모없는 마트 세일행사 전단지, 그리고…… 편지 한 장.

편지?

유민은 편지를 보았다.

그는 자신의 눈을 의심했다. 분명 누나에게서 온 편지!

급한 김에 그는 집으로 달려 들어갔다.

"아버지, 아버지!"

유민은 아버지를 불렀다.

아버지의 대답은 없었다. 노크를 두 번 하고는 곧바로 문을 열었다.

아버지는 TV의 시선을 박은 채 멍하니 바라보고만 있었다.

"아버지. 누, 누나한테 편지가 왔어요."

누나라는 단어에 유정의 아버지의 눈빛에서 생기가 돌아왔다.

"누나라니?"

"여기요."

유민은 편지 봉투를 조심스럽게 뜯었다.

안에는 편지 두 장과 출처를 알 수 없는 계약서 두 장이 있었다.

편지는 아버지와 유민에게 보내는 글이었다.

유민은 아버지에게 편지를 보냈다.

이미 죽음을 각오하고 쓴 글이었다.

그들을 글을 읽어 내려갔다. 눈물이 앞을 가려 한 자, 한 자를 읽기도 힘들었다.

눈물방울이 편지지에 떨어져 번졌다.

"이 불쌍한 놈, 우리 불쌍한 애기, 얼마나 무서웠을꼬…… 얼마나 무서웠을 거야."

아버지는 목 놓아 울었다.

유민도 마찬가지였다.

누나의 진심이 편지에서 느껴졌다.

그리고…….

도수를 의심하지 말라는 말.

그것은 이해할 수가 없었다.

유민은 도수에게 전해 주라는 두 장의 계약서를 펴서 확인했다.

서로가 죽을 때까지 입을 다문다는 혈서와도 같았다. 날짜도 정확하게 적혀 있었다.

몇 월, 며칠, 어디서 누군가 무엇을 했으며, 그것은 무덤까지 비밀로 가져간다는 말이었다.

날인은 이상준과 피현득이었다.

상대는 김형태였다.

순간 유민의 머릿속이 마구 헝클어졌다.

도대체 이게 무슨 일인지 감이 잡히지 않았다.

이상준은 누구고, 피현득은 누구란 말인가. 그리고 상대인 김형태도 누군지 알 수 없었다.

대한민국 굴지의 재벌이자 차세대 경영인으로 각광받고 있는 김형태와 동일인물일 것이라고는 생각지도 못한 것이다.

생각을 정리해 보자.

먼저 이들은 누구인가, 하는 것이 문제였다.

누나의 취재 대상일 가능성이 높았다. 놈들을 쫓다 변을 당한 것일까?

이것은 증거다. 그것도 살인에 대한 명백한 증거였다.

하지만 이것을 왜 도수 형에게 넘기라고 했을까. 그것이 이해가 되지 않았다.

딱 하나, 도수 형도 무엇인가를 알고 있다는 것이다. 그렇기에 장례식장에 나타나지 않았을지도.

도수와 밀접한 관계를 맺고 있는 기현이라고 알고 있지 않을까.

그러고 보니 기현은 도수를 믿으라는 말을 반복했다. 그도 뭔가를 알고 있을 가능성이 높았다.

"아버지, 저녁 챙겨 드세요. 저 어디 좀 나갔다 올게요."

그렇게 말을 하고는 옷을 대충 갈아입고 집 밖으로 나왔다.

그는 뛰어서 도로까지 나온 후 택시를 탔다.

곧장 현율 실업으로 향했다.

*   *   *

기현은 유민이 가지고 온 계약서 두 장을 보았다. 경악할 만한 내용이 모두 그곳에 적혀 있었다.

배도일의 부하인 찬호가 넘겨준 자료는 대한민국을 들썩일 만한 내용이라면, 이것은 놈들이 살인을 했다는 명백한 증거였다.

"이걸 어디서?"

기현이 유민에게 물었다.

"편지가 왔습니다."

"편지요?"

"네, 누나에게서."

"그게 무슨……."

"누나가 죽기 직전 적은 편지더군요. 이것을 도수 형에게 전해 달라고 했어요."

그나마 화가 조금 풀린 모양이다.

장례식장에서 그는 매형이라고 부르지 않고, 도수라고 했었다.

지금은 형이라는 칭호를 붙였다.

어느 정도 도수에 대한 용의가 풀렸다는 말과도 같았다.

"이것이 무슨 내용인지 기현 씨는 알고 있죠?"

기현은 대답하지 못했다.

사실대로 털어놓자니 유민이 위험에 빠질 가능성이 너무 높았다.

놈들은 대한민국을 지배할 수 있는 최상위 계층.

서로 거미줄처럼 얽히고설켜 한 번에 끄집어낼 수가 없었다.

또한 진실을 말을 해 주게 되면 유민은 화살을 도수에게 돌릴 수도 있었다.

도수만 아니었다면 유정은 그런 일을 당할 리 없었다고.

진실은 도수가 직접 얘기해 줘야만 했다. 자신이 나설 일이 아니었다.

그렇기에 기현은 얼버무릴 수밖에 없었다.

"믿을 수가 없군요. 그러니까 여기에 적힌 김형태가 나진소프트의 김형태 사장이란 말입니까?"

"그렇습니다."

"그럼 상준과 피현득이라는 자는?"

"목격자지요."

"그런데 왜 서로가 이런 계약서를 적은 겁니까?"

"보다시피 그들은 그곳에서 살인을 저질렀어요. 김형태는 그곳에서 음주 교통사고를 일으켰고요."

"이런 엿 같은 우연이……."

"그래요. 아주 엿 같은 우연이 겹치면서, 이런 일이 벌어진 겁니다. 하여튼 형수님은 이 사실을 알게 됐고, 놈들도 형수님을 알게 됐다는 겁니다."

"누나의 입을 막기 위해서 납치를 하고 죽였다?"

"그것까지는 모르겠습니다. 저희 쪽에서도 전력을 동원해 진실을 파헤치고 있는 중입니다. 부탁입니다. 유민 씨는 제발 경거망동하지 말았으면 합니다."

"저는 경찰입니다. 어찌 누나의 죽음을 두고 가만히 있을 수가 있겠습니까. 그럴 수는 없습니다. 누나가 하늘에서 통곡을 하고 있을 겁니다."

아무래도 유민은 가만히 있을 생각이 없는 모양이다.

하긴, 자신이라도 가만히 있지는 않았을 것이다.

"알았습니다, 이해합니다. 하지만 상대가 상대이니만큼 조용히 움직이는 것이 좋을 듯합니다. 그자는 상대가 경찰이라고 해서 몸을 낮출 만큼 약한 자가 아닙니다."

"알고 있습니다."

"조용히 움직입시다. 저희도 최선을 다하고 있으니 곧 좋은 소식이 갈 겁니다."

"조사는 제가 해야지요."

"그거야 그렇지요. 단지 저희도 형수님을 잃을 만큼, 가만히 있지는 않을 겁니다. 회장님도 마찬가지고요."

"그럼 도수 형은 어디에? 연락 한 번 할 수 있습니까?"

"죄송합니다. 믿으실지 모르지만 정말로 연락이 두절되어 있는 상태입니다. 그분의 분노는 감히 저희가 짐작도 할 수가 없습니다. 기별이 오면 유민 씨께 바로 연락을 드리겠습니다."

"후…… 알겠습니다."

유민은 길게 한숨을 내쉬었다.

갑갑했던 얼굴이 조금은 펴졌다.

누나의 죽음에 대한 이유를 어느 정도 알았다. 그리고…… 용의자도 알았다.

그가 해야 할 일은 정해져 있었다.

바로 놈들에게 법의 심판을 받게 하는 것.

그의 눈빛에서 증오가 스멀스멀 피어오르기 시작했다.

＊　　＊　　＊

"다 모였서라."

기획실장실에 앉아 있던 기현에게 기동이 다가와 말했다. 고개를 끄덕인 기현이 자리에서 일어났다.

사실 진작 나갔어야 했다.

하지만 예상치 못하게 유민이 찾아오는 덕분에 궐기식이 늦은 것이다.

아무도 모르게 치러진 그들만의 궐기식이다.

"그건 뭡니까?"

"이거?"

기현은 유민이 주고 간 계약서를 흔들어 보였다.

"네."

"최후의 비밀병기다."

"최후의 비밀병기요?"

"그래, 놈들의 숨통을 끊을 마지막 무기지."

그는 서늘하게 웃으며 계약서를 책 사이에 끼워 넣었다. 금고가 있지만 그곳에는 넣지 않았다.

혹시 놈들이 이 계약서에 대해서 알게 된다면 골치가 아파졌다.

아니, 지금쯤은 알고 있겠지.

단지, 그것이 어디로 갔는지 모르기에 함부로 움직이지 못하고 있는 것이다.

만약 계약서가 어디에 있는지 알게 된다면 당장이라도 이곳을 덮칠 것이 확실했다.

계약서를 책 사이에 끼워 넣은 기현은 가장 높은 책장 위에 올려놓았다.

그렇게 보자니 감쪽같았다.

그 소중한 자료를 그런 식으로 놔둔다는 것은 상상하지 못할 것이다.

"가자."

기현은 기동과 함께 현율 실업 이층으로 내려갔다.

이층에는 서른 명 안팎의 사내들이 검은색 정장을 입고 서 있었다.

가슴에는 하얀색 핀 하나씩이 달려 있었다.

이들은 모두 현율 실업으로 간판을 바꿔 달기 전 신사동

파에서 동고동락을 했던 인물들이었다.

현재 회사는 최소한으로만 움직였다.

H―시큐리티는 더 이상 신규 회원을 받지 않았고, 늘리지도 않았다.

영업 직원들의 업무가 올스톱이 된 것이다.

몇몇의 관제 요원들과 출동 요원들만이 남아 H―시큐리티를 운영하고 있었다.

H―시큐리티도 직영점으로 옮겼다.

본사와 같이 있다가는 어떤 불똥이 튈지 몰랐다.

혹여 그들에게 불행이 닥칠지 몰라 기현은 H―시큐리티와 H―엔터테이먼트를 분리, 독립시켰다.

최소한 다른 사람들이 보기에는 현율 실업은 그들과 아무런 관계가 없었다.

여직원들에게는 일괄로 사표를 받았다. 어쩔 수가 없는 노릇이었다.

단 한 명이라도 현율 실업과 관계가 있어서는 안 된다. 그들도 유정처럼 당할 위험이 있었다.

얼마 전부터 도수의 최측근이라 할 수 있는 진아도 회사에 출근하지 않았다.

그녀는 한 달간 유럽 여행을 갈 계획이라고 했다. 그 시간이면 모든 일이 마무리되지 않겠냐면서.

대단한 여자임은 확실했다.

모두가 떠나고 남은 자들은 신사동 파의 핵심이라고 할 수 있는 서른두 명의 조직원들이었다.

기현은 그들에게 미리 말했다.

떠날 사람은 떠나라고. 그동안 열심히 일들을 했으니 충분한 보상을 해 주겠노라고.

놀랍게도.

정말 놀랍게도 그들은 한 명도 떠나지 않았다. 기현은 고개를 저었다.

아무리 의리에 죽고 사는 그들이지만, 개죽음을 당할 필요는 없었다.

기현은 아이가 있는 직원들을 강제로 퇴사시켰다.

그들은 가지 않겠다고 발버둥을 쳤다.

동료들이 큰일을 당할지도 모르는데 혼자만 살 수 없다고 소리쳤다.

그들의 목소리가 모두의 가슴을 후벼 팠다.

하지만 안 될 것은 확실히 안 된다.

아버지가 없는 자식은 자신 혼자면 되는 것이다.

기현은 그들에게 약속했다.

곧 회사의 문을 다시 열겠노라고.

그때 웃으면서 다시 보자고.

유부남인 직원들은 고개를 숙이고 발길을 돌릴 수밖에 없었다.

그들은 눈물을 뚝뚝 흘리며 회사 밖에서 다 같이 소리쳤다.

—친구들아! 살아라! 살아서 다시 소주 한잔 기울이자. 우리의 우정은 세상이 끝날 때까지 갈 것이니. 멀리서라도 너희와 같이 싸우겠다.

회사 내에 남은 직원들의 가슴이 뭉클해졌다. 그들은 밖에서 눈물을 흘리는 동료들에게 답을 해 주었다.

—참아라! 고통스럽더라도 참아라! 우리는 너희에게 다시 돌아갈 것이니, 그때 소주잔을 기울이자꾸나. 그때까지 몸 건강히 하거라!

그렇게 남은 직원들이 모두 서른두 명이었다. 아이를 가진 자는 없었다.

아내나 노부모를 부양해야 할 직원도 없었다.

하지만 그들은 의기충천하다.

모든 동료들의 힘을 받아 그들이 앞에 나서서 싸우는 것이다.

비록 이곳에서 피를 흘리며 흙바닥에 쓰러질지라도 후회하지 않겠다는 마음이 눈빛에서 읽혀졌다.

기현은 그들을 돌아보았다.

"무섭나?"

"아닙니다!"

건물이 울리도록 그들은 함성을 질렀다. 솔직히 무서울 것이다.

여느 건달 조직과 붙는 것이 아니다.

그들이 이번에 붙을 상대는 대한민국을 쥐락펴락 할 수도 있는 자들이었다.

그렇지만 누군가 그들과 싸워야 한다.

놈들이 자신들의 머리 위에서 세상을 마음대로 움직이는 것을 놔둘 수는 없었다.

"이번 싸움에 결과에 상관없이 우리는 세상 사람들에게 낙인이 찍힐 것이다. 높으신 양반들을 테러한 극악무도한 자들로 말이다. 하지만 말이다. 그런 놈들이 우리를 지배하게 하고 싶은가? 우리 자식들이, 우리 가족들이 놈들에게 당하고도, 말 한 번 제대로 하지 못하고 피눈물을 흘리게 하고 싶은가!"

"아닙니다!"

"놈들도 우리를 노릴 것이다. 지금 당장이라도 놈들이 저

문을 열고 나타나 우리의 목을 노릴지도 모른다. 그렇기에 시간이 없다. 먼저! 우리가 먼저 놈들의 목을 쳐야 한다."

"그렇습니다!"

"놈들은 건드리지 말아야 할 사람을 건드렸다. 아무 죄가 없는! 법 없이 살 수 있는 사람을! 자신들의 치부를 감추기 위해서 무참하게 살해했다. 누구를?"

"형수님이십니다!"

"맞다. 우리는 큰형님의 하나뿐인 형수님을 잃었다. 지렁이도 밟으면 꿈틀된다는 것을 보여 줘야 한다. 다시는 형수님과 같은 분이 나오게 해서는 안 된다!"

"맞습니다!"

"전원 묵념!"

기현이 고개를 숙였다.

기동과 서른두 명의 직원들도 모두 고개를 숙였다. 엄숙하고 장엄한 의식은 그렇게 치러졌다.

"고개를 들어라!"

묵념을 마친 젊은 사내들이 기현의 말에 따라 고개를 들었다.

조금 전보다 더욱 눈이 빛났다. 출발선에 선 경주마와 같이 몹시도 흥분한다.

"일조, 수태."

"네, 형님."

"너희는 형태의 변호사인 하일만을 쳐라."

"네, 형님."

"이조, 실현."

"예, 형님."

"너희는 국회의원 김일성을 쳐라."

"예, 형님."

"삼조 재현은 나진 소프트 본사를 쳐라. 놈들이 가진 비밀장부를 모조리 가져와. 사조, 인철은 형태와 붙어먹은 부장검사 최형권을 쳐라. 나와 기동은 경찰이라는 탈을 쓴 배도일을 잡겠다."

"예! 형님."

"모두 기억해라. 오늘의 싸움은 성전이다. 억울하게 돌아가신 형수님에 대한 진혼곡이란 말이다!"

"와!"

사기를 끝까지 올린 직원들이 각각 맡은 자들을 잡기 위해서 본사 건물을 빠져나갔다.

오늘 밤.

아주 긴 밤이 될 것만 같은 예감이 스치고 지나갔다.

4.
살육의 도시

WILD BEA

하일만은 높은 성적으로 사법고시를 패스한 유능한 인재였다.

출신 고등학교 앞에도, 대학교 앞에서, 마을 앞에도 사법고시를 패스했다는 현수막을 걸어 놓았다.

모두가 그는 공정하고 위대한 검사가 될 것이라고 믿어 의심치 않았다.

하지만 모두의 예상을 깨고 그는 나진 소프트 법무팀에 자리를 잡았다.

법무팀이라고는 하지만 김형태의 개인 변호사들이나 마찬가지였다.

그는 형태의 온갖 추악한 짓을 대부분 알고 있었다. 그는 뛰어난 법률 지식을 바탕으로 형태를 보호했다.

이제껏 그가 맡은 변호에서 단 한 번도 형태는 불이익을 본 적이 없었다.

그 대가로 하일만은 엄청난 부를 거머쥘 수가 있었다.

검사 봉급으로는 상상도 못할 거금이었다.

현재 그의 앞으로는 강남 아파트 세 채가 있었고, 지방에 사 놓은 토지만 하더라도 시가로 20억이 넘었다.

아내의 이름으로 된 땅과 토지는 따로 관리했다.

모두 양심을 판 대가였다.

그는 오늘도 거하게 한잔을 했다. 술값만 이백만 원이 넘게 나왔다.

당연한 말이지만 그가 계산을 하지 않았다.

그가 술값을 계산할 때는 사법연수원 동기들, 대학교, 고등학교 친구들을 만났을 때뿐이었다.

물론 자신이 얼마나 버는지 생색을 내기 위한 것도 있었다.

하지만 일적인 관계에서는 절대로 술값을 내지 않았다. 그는 언제나 갑의 인생이었고, 그 갑의 인생은 죽을 때까지 멈추지 않을 것이라 여겼다.

"하하하, 자, 타, 타."

얼큰하게 술이 취한 하일만은 여자 종업원 두 명을 차에 태웠다.

업소에서는 판매량 1, 2위를 다투는 에이스들.

그러나 업소 사장은 감히 안 된다고 말을 하지 못했다.

하일만이 마음만 먹으면 업소가 문을 닫는 것은 시간문제였다.

그의 고급 외제승용차를 대리해서 운전하는 사람은 대리기사가 아니었다.

업소의 웨이터였다.

그런 것까지도 신경을 써야 하는 업소 사장으로서는 배알이 꼴릴 수밖에 없었다.

하지만 어쩔 것인가.

권력이 돈이고, 횡포인 것을.

그저 업소를 찾는 일이 적기만을 바랄 뿐이었다.

"그럼 좋은 시간 되십시오."

문밖까지 쫓아 나온 업소 사장은 하일만을 향해서 90도로 허리를 굽혔다.

"어이, 김 사장 잘 놀다가. 나중에 보자고."

"네, 하 변호사님. 언제라도 들러 주십시오."

하일만과 두 명의 젊은 여성을 태운 고급 외제승용차가 출발했다.

그들을 태운 차는 가까운 호텔로 향했다.

두 명의 젊은 여성들이 하일만의 가슴과 사타구니를 문지르며 간지러운 소리를 해 댔다.

"오빠, 정말 오십대 맞아?"

"왜, 훨씬 늙어 보이냐?"

하일만이 되물었다.

"아니, 훨씬 젊어 보여서 그러지. 삼십대로 봐도 되겠다. 그치 언니?"

"그럼, 중년 티도 안 나고, 완전 매너남인걸."

"허허허, 이년들이 오늘 왜 이러나? 뭐 가지고 싶은 것이 있어서 그래?"

"헤헤, 있으면 사 줄 거야?"

"그럼, 오늘 밤 나를 뿅 가게 한 번 해 줘 봐라. 내가 무엇인들 못해 줄까."

"정말?"

한 여성이 하일만의 사타구니를 세게 잡았다.

벌써 그의 그것은 벌떡 서 있었다.

"얀마, 너 오늘 이 누나가 죽여 줄 테니까. 각오해."

"허허허. 그래, 한 번 해 봐라."

그들의 음담패설은 호텔로 가는 도중 계속되었다.

끼익—

갑자기 웨이터가 브레이크를 강하게 밟았다.

뒤쪽에 앉아 있던 하일만과 두 명의 여성들은 앞으로 반쯤 고꾸라지고 말았다.

"뭐야! 운전 똑바로 못해?!"

하일만이 화가 난 표정으로 소리쳤다.

"죄, 죄송합니다. 오토바이가 갑자기 끼어들어서요."

웨이터는 쩔쩔매며 사과를 했다.

그의 말대로 일본제 바이크가 그의 앞에서 알짱거렸다. 앞으로 튀어 나갈 것 같으면서도 그의 차량 앞으로 계속해서 끼어들었다.

그럴 때마다 웨이터는 브레이크를 밟을 수밖에 없었다.

"저 새끼, 뭐야?!"

"모르겠습니다, 계속 앞에서 차를 막습니다."

"저 자식이 콩밥을 먹어 봐야 정신을 차리지. 야, 뒤에서 쳐 버려."

"네?"

웨이터는 황당하다는 듯이 되물었다.

지금 하 변호사가 술에 취해 하지 말아야 할 말을 했다고 생각했다.

"뭐가 네, 야? 저 새끼 뒤에서 받으라고. 내가 책임질 테니까."

"아, 아니, 그게 무슨……."

말도 되지 않는 소리였다. 오토바이를 치게 되면 자신이 모든 것을 뒤집어쓴다.

하 변호사가 자신이 책임지겠다고 하지만 그럴 가능성은 거의 없었다.

일단 운전대를 잡고 있는 사람은 자신이 아니던가.

"빨리 안 받아? 살짝만 받아서 무서움을 주란 말이야. 놈이 내리면 내가 알아서 할 테니까."

"그, 그럼, 살짝만 받겠습니다."

"어서 해!"

고개를 끄덕인 웨이터가 바이크의 뒤를 쫓았다. 바이크는 계속해서 앞에서 어른거렸다. 받으려고 하면 다시 멀어졌다가 가까워졌다.

계속해서 반복이 됐다.

하일만은 머리끝까지 짜증이 밀려왔다.

"저 개자식이 돌았나! 어서 받지 못해?!"

"그게 놈이 너무 잘 치고 빠집니다. 일부러 저희를 약 올리는 것 같습니다."

"나도 보면 알아!"

그때 바이크가 깜빡이를 켜고 골목으로 들어섰다.

"어쩌죠?"

"뭘 어쩌긴 어째, 쫓아!"

"알았습니다."

웨이터는 바이크를 쫓아 골목길로 들어섰다. 도로와는 멀지 않지만 상당히 외진 골목길이었다. 가로등이 켜진 곳도 거의 없었다.

"어라?"

"왜?"

"저기……."

웨이터는 정면을 가리켰다. 바이크가 핸들을 돌려 그들과 정면으로 마주하고 있었다.

바이크에 탄 사람은 시커먼 헬멧을 쓰고 있어 얼굴이 보이지 않았다.

"저 새끼가 도대체 뭐하자는 플레이야?"

하일만은 차량에서 내리려고 했다.

"변호사님, 차에서 내리지 마세요!"

웨이터가 다급하게 외쳤다. 바이크가 갑자기 정면을 향해서 돌진하기 시작한 것이다.

"어? 어?"

하지만 늦었다.

와장창창!

바이크는 정면으로 달려와 하 변호사 고가의 차량 앞 유리를 박살 냈다.

"으아아악!"

"꺄아아아악!"

웨이터와 여 종업원들이 양손으로 머리를 감싸고 바닥에 누웠다.

네 명의 사내들이 더 모습을 나타냈다.

검은 정장과 검은 가죽 코트를 입고 얼굴에는 마스크를 쓰고 있었다.

대부분 머리가 짧지만, 그것만으로 상대가 누군지 알아낼 수는 없었다.

"너, 너 이 새끼들. 누구야! 내가 누군지 알아?!"

하 변호사는 다가오는 사내들을 향해서 고래고래 소리를 질렀다.

누군가 들어 줬으면 하는 바람도 들어 있을 것이다.

하지만 으슥한 골목길로는 아무도 모습을 드러내지 않았다.

혹여 창문 안에서 그들의 모습을 본 사람이 있을지는 모르지만, 지금과 같이 험악한 상황에서 문을 열고 밖으로 나오는 사람은 없을 것이다.

검은 마스크를 쓴 수태가 앞으로 다가왔다. 그는 허리춤에서 손도끼를 꺼냈다.

"이, 이봐. 도대체 왜들 그래…… 말로 하자고."

겁을 덜컥 먹은 하일만이 뒷걸음질을 쳤다.

그의 차량이 비스듬히 그를 막고 있어 도망을 치기도 어려웠다.

뒷걸음질을 치던 그의 등이 담벼락에 닿았다. 뒤쪽은 다가구 주택이다. 이층에 불이 켜져 있었다.

하지만 문을 열고 밖을 내다보는 사람은 없었다. 창문으로 그림자만 얼씬 거렸다.

"사람 살려요! 여기 사람 살려요! 살인마가 있어요!"

하일만 변호사는 있는 힘껏 소리를 질렀다. 역시 누구도 고개를 내밀지 않았다.

"그만큼 서민의 피를 빨아먹었으면 됐지. 안 그래?"

"무슨 개소리야!"

"이런 소리야."

수태가 손도끼를 휘둘렀다.

빠각!

손도끼는 정확히 하일만의 정수리를 뚫고 들어갔다.

반이나 박혀 버렸다.

머리가 반으로 쪼개진 하일만의 눈동자가 파르르 떨렸다.

입이 붕어처럼 뻐끔뻐끔 거리더니 이내 자리에 풀썩 주저앉았다.

지구상에서 가장 위대한 의사가 오더라도 지금의 하일만은 살려 낼 수가 없으리라.

"가자."

하일만의 숨이 끊어진 것을 확인한 수태는 수하들을 데리고 서둘러 자리를 떠났다.

웨이터와 두 명의 여자 종업원들은 아직도 고개를 바닥에 박은 채 머리를 들어 올리지 못했다.

같은 시간 국회의원 김일성은 마포구의 있는 자신의 사무실에서, 부장검사 최형권은 집 앞에서 피살을 당했다.

재현도 나진 소프트 본사를 발칵 뒤집어엎는 데 성공했다.

사상자는 나오지 않았고, 김형태의 사장실을 쑥대밭으로 만든 후 컴퓨터와 회사의 관련된 모든 기밀 문서를 가지고 본사를 유유히 빠져나왔다.

*   *   *

기동과 기현은 서초 경찰서 앞에 나와 있었다.

사실상 그들이 맡은 임무가 가장 위험하다고 할 수 있었다.

서울 한복판에서 대한민국 경찰서가 습격당하는 전무후무

한 일이 터지려고 하고 있었다.

기현과 기동 그들을 따르는 다섯 명의 부하들이 나란히
담배를 한 대씩 폈다.

몇몇은 손끝이 심하게 떨리고 있었다.

"마음 단단히 먹어라."

기현이 그들을 보며 말했다.

"알았습니다."

어지간한 큰일을 겪어 본 그들이지만, 경찰서를 습격하여
경찰서장의 목을 딴다는 일은 태어나서 한 번도 해 보지 못
한 그들이었다.

있을 수도 없었고, 있어서도 안 되는 일이었다.

한데 그들은 지금 그런 일을 하려고 하고 있었다.

과연 몇 명이나 저곳을 살아서 나올 수 있을까.

그것은 오직 신만이 알 것이다.

"자, 살아서 만나자."

담배를 끈 기현이 손을 내밀었다. 한 명씩, 한 명씩 그의
손을 맞잡았다.

떨림이 멈췄다.

눈빛이 달라진다.

이제 와서 달라질 것은 없었다.

썩어 빠진 놈들에게 시원하게 한 방을 먹이면 되는 것이다.

그들은 다섯 대의 덤프트럭에 나눠 탔다.

덤프트럭의 시동이 걸렸다. 그들은 기어를 넣고 액셀을 밟았다.

가장 선두에 선 차가 출발했다. 뒤따라서 나머지 네 대의 덤프트럭이 출발한다.

다섯 대의 덤프트럭이 속도를 내기 시작했다. 새벽 시간이라 차량들의 운행이 뜸하다.

덕분에 덤프트럭들은 속도를 마음껏 낼 수가 있었다. 어느새 시속 60㎞를 넘었다.

그들은 사거리를 지나 서초 경찰서가 있는 곳으로 빠르게 다가갔다.

정문 초소 앞에는 한 명의 전경 근무자가 서 있었다.

새벽 2시가 넘었으니 무척이나 힘든 시간이다.

전경은 졸린지 연신 하품을 하고 있었다. 그의 눈이 경악스럽게 떠지는 데는 얼마 걸리지 않았다.

덤프트럭 다섯 대가 엄청난 속도로 맹렬히 다가오고 있는 것이다.

"어? 어?!"

제대로 입이 떨어지지가 않았다.

멈춰, 라는 말보다 먼저 몸이 피해야 한다는 것을 본능적으로 느꼈다.

그는 몸을 재빨리 옆으로 날렸다. 초소 안에 있던 정경도 마찬가지였다.

콰지지직!

덤프트럭이 정문 초소를 박살 냈다. 건물의 반이 무너지며 콘크리트 파편이 사방으로 튀었다.

다섯 대의 덤프트럭들은 곧장 경찰서 안으로 진격했다.

"뭐, 뭐야."

간신히 살아남은 두 사내는 벌어진 입을 다물지 못했다. 지금 무슨 일이 일어났는지 제대로 상황 파악이 되지 않았다.

"스, 습격이다!"

팔다리를 덜덜 떨던 전경이 무전기를 들었다. 무전기는 망가져 있었다.

어서 안에 연락을 해야만 한다. 어쩌면 벌써 모두가 알고 있을지도 모르지만.

위이이이잉―

종현은 가장 선두에 서서 덤프트럭을 몰고 있었다.

백미러를 보자 다른 덤프트럭들이 잘 따라왔다. 선두에 선 그의 임무가 가장 막중하다.

초반부터 차가 고꾸라지게 되면 이번 일에 큰 차질을 맺게 된다.

물론 두 번째 계획이 있기는 했지만 효과는 확실히 줄어
들었다.

무조건 그가 성공을 해야 했다.

정문 초소를 박살 낸 덤프트럭은 경찰서 정문을 향해서
빠르게 나아갔다.

몇몇 경찰차가 경찰서 밖을 빠져나가다 덤프트럭을 보고
옆으로 핸들을 꺾었다.

경찰차는 주차가 되어 있던 다른 차량들을 박은 후에야
멈췄다.

부아아앙!

덤프트럭은 높은 계단을 튕겨져 올라갔다.

차량이 심하게 흔들렸다. 다행히 옆으로 넘어지거나 하지
는 않았다.

꽈지지지직!

덤프트럭은 유리로 된 정문을 박살 냈다. 건물 전체가 울
릴 정도로 강력한 충격이었다.

정문을 박살 내고 일층 임포메이션 창구를 부순 덤프트럭
이 멈췄다.

"헉헉헉."

종현은 거칠게 숨을 쉬었다.

일 단계는 성공했다.

하지만……

정문의 유리를 깨고 들어오면서 그도 상처를 입고 말았다. 문짝이 휘어지며 옆구리를 찢어 버린 것이다.

종현은 한 손으로 옆구리에서 흐르는 피를 막은 채 덤프트럭에서 내렸다.

엄청난 고통이 그의 정신을 아찔하게 만들었다.

덤프트럭에서 내린 그는 짐칸에 실어 놓았던 휘발유 한 통을 꺼냈다.

단단하게 묶어 놓았지만, 충격으로 인해서 이미 반수 이상이 사방으로 흩어져 있었다.

상관할 것은 없었다.

어차피 경찰서 위장 안으로 들어온 상태니까.

그는 담배를 입에 물었다. 그리고 덤프트럭에서 멀리 물러났다.

경찰서 내부는 아수라장이 되어 있었다. 갑작스럽게 일어난 상황에 제아무리 단련이 된 형사들이라고 하더라도 정신을 차리지 못했다.

"후우, 씨발 것들, 너희들도 한 번 당해 봐."

담배를 길게 빨아들인 종현은 손가락을 튕겼다.

날아간 담배꽁초가 엎어진 휘발유 위로 떨어졌다.

그 순간!

콰콰콰콰콰콰콰쾅!

거대한 폭음이 터졌다.

어마어마한 불길이 일층과 이층 전체를 관통했다. 창문들이 모조리 깨져 나갔고, 폭발은 계속되었다.

바닥에 바짝 엎드린 종현의 두 눈이 동그랗게 떠졌다.

"우와, 정말 끝내 주는구만. 어쨌든 시작해 보자고."

그는 허리에 차고 있던 손도끼를 빼내 들었다. 목표는 경찰서장인 배도일.

이렇게 일을 크게 벌여 놓고 놈의 목을 따지 않으면 뒷일을 감당하지 못한다.

반드시 놈의 목을 취해야만 했다

불길이 사그라질 무렵 남은 네 대의 덤프트럭이 경찰서를 강타했다.

지진이 난 것처럼 건물이 마구 흔들렸다.

범죄자들이 밖으로 빠져나가지 못하게 막아 놓은 쇠창살도 덤프트럭에 부딪쳐 젓가락처럼 휘어졌다.

콰콰콰쾅!

다시 한 번 폭발이 일어났다.

"으아아아악!"

사방에서 비명이 뒤섞였다.

불에 붙은 몇몇 피의자들과 형사들이 건물 밖으로 뛰어나갔다.

푸식!

스프링클러가 터지며 엄청난 양의 물을 쏟아 냈다. 하지만 불길은 쉽사리 잡히지 않았다.

덤프트럭에 실려 있던 휘발유가 연달아 폭발하며 건물 자체를 뒤흔들었다.

기현과 기동이 덤프트럭에서 내렸다. 그들의 머리 위로 물줄기가 쏟아졌다.

불길과 물길이 합쳐져 엄청난 수증기를 만들어 냈다. 시야가 극단적으로 좁아졌다.

하나 기현과 부하들의 머릿속에는 서장실이 어디에 있는 확실하게 그려져 있었다.

"가자."

기현의 말에 기동과 다섯 명의 부하들이 움직였다. 종현의 옆구리가 찢어져 심하게 다치기는 했지만, 아직까지는 무리 없이 쫓아왔다.

상층에서 형사들이 띄엄띄엄 내려왔다. 그들의 손에는 무기가 없었다.

일단 건물 밖으로 대피하기 위해서 무작정 하층으로 내려오고 있었던 것이다.

그들은 기현을 보며 움찔거렸다.

기현의 손도끼가 날았다. 날아간 손도끼는 형사들의 다리
에 꽂혔다.

"크악!"

형사들이 쓰러졌다. 기현은 다른 손도끼를 꺼내 손잡이로
그들의 면상을 가격했다.

'빡' 소리가 나며 형사들은 맥없이 정신을 잃고 말았다.

기현은 최상층으로 올라갔다. 무척이나 재빠른 움직임이
었다.

오 분 안에 배도일을 처리하지 못하면 모두가 갇히고 만
다. 곧 다른 경찰서에서 경찰들이 출동을 할 테고, 119대원
들도 무더기로 진입할 것이 확실했다.

붙잡히는 것은 두렵지 않았다.

하지만 정체가 드러나는 것은 두려웠다.

현율 실업이라는 것이 언론에 노출되는 것은 공공의 적이
되고 만다.

아직은 시간이 필요했다.

그렇게 둘 수는 없었다.

배도일 서장이 있는 최상층에 도달한 순간이었다.

탕!

한 발의 총성이 울렸다. 가장 선두에 섰던 한영이 엉덩방
아를 찧고 말았다.

그는 어깨를 만졌다. 구멍이 뻥 뚫리고 울컥울컥 피가 솟구치고 있었다.

탕!

다시 한 발의 총성이 울렸다.

기현은 한영의 뒷덜미를 잡고 급히 계단 밑으로 당겼다. 총알은 벽면에 맞고 불꽃을 튀었다.

기동이 급히 등을 벽에 붙이고 고개만 살짝 내밀어 서장실 쪽을 바라보았다.

두 명의 형사가 이쪽을 향해 총구를 내밀고 있었다.

"빌어먹을."

복도는 일자형이다.

서장실로 가려면 일자형 복도를 지나칠 수밖에 없었다.

"이거 막판에 머리 아프네."

기동의 얼굴이 찡그려졌다. 조금의 시간도 낭비할 수가 없었다.

하나 저렇게 총을 가진 채 서장실 입구를 막고 있다면 얘기는 달라졌다.

앞으로 전진을 할 수가 없었다.

설사 입구까지 가더라도 모두 총에 맞아 쓰러질 가능성이 높았다.

"젠장, 저희가 앞장서겠습니다."

한영이 고통스러운 표정을 지으며 일어섰다.

"무슨 소리고? 니는 총 맞았다 아이가!"

"배도일이 이 개자식을 잡지 못하면 모두 허사 아닙니까.
머리와 심장만 보호하면 총에 맞아도 죽진 않겠지요."

"무슨 말도 안 되는 소리고. 총이 만만해 보이노? 맞으면
죽는다 안 카나!"

기동이 고개를 저었다.

하지만 한영은 마음을 굳힌 모양이었다.

"갑니다. 제 뒤를 바짝 뒤쫓으십시오."

"나도 같이 가지."

한영의 말에 종현도 나섰다.

"니들…… 죽을 수도 있다."

기현이 말했다.

"알고 있습니다. 하지만 빈손으로 잡히는 것보다는 백
배, 천 배 낫지요."

그들이 말을 하는 순간 경찰서 밖에서 사이렌 소리가 들
렸다.

그리 멀지 않은 곳에서 들리는 소리였다.

어느새 119구조대와 소방차가 진입 시도를 하고 있는 모
양이었다.

곧 경찰들도 나타날 것이다.

정말 시간이 없었다.

"죽지만 마라. 좋은 변호사를 붙여 주지."

"후후, 알았습니다. 그럼 저희는 형님만 믿고 갑니다."

한영이 벌떡 일어섰다.

그 뒤로 종현이 붙었다.

다른 자들도 줄줄이 일렬로 섰다.

"갑니다!"

한영이 외치며 밖으로 뛰어나갔다. 그는 형사들이 있는 곳을 향해서 전력으로 뛰었다.

형사들은 그들이 몸을 드러낸 채 나타날 것이라고 예상하지 못했던 모양이다.

하지만 이내 정신을 차리고 방아쇠를 당겼다.

탕! 탕! 탕!

세 발의 총성이 울리고 두 발이 한영에게 맞았다. 한 발은 하복부를 다른 한 발은 정강이를 관통했다.

충격을 이기지 못한 한영이 바닥에 쓰러졌다.

종현이 그를 뛰어넘었다. 다른 자들도 한영의 몸을 풀쩍 뛰어넘었다.

탕! 탕! 탕!

형사들이 계속해서 총을 쐈다.

깡!

정말 다행이다. 종현은 손도끼를 머리를 감싸고 뛰고 있었다. 형사가 쏜 총알 중에 한 발이 바로 손도끼를 때린 것이다.

팔이 저릿저릿할 정도로 큰 충격이지만, 어쨌든 살았다. 손도끼의 날이 없었으면 이마를 관통했을 테니까.

하지만 다른 두 발의 총알은 종현의 허벅지와 옆구리를 맞췄다.

종현도 신음 소리를 흘리며 쓰러졌다.

둘의 희생으로 기현은 총을 든 형사들에게 다가갈 수가 있었다.

우측에 있던 형사가 급히 총구를 기현 쪽으로 돌렸다. 기현은 그의 팔목에 손도끼를 내려찍었다.

푸식!

팔목의 절반이 잘렸다.

형사는 총을 바닥에 떨어트린 채 비명을 질렀다. 반쯤 잘린 팔목에서 엄청난 피가 솟구쳐 스프링클러에서 떨어지는 물과 뒤섞였다.

그의 면상을 손도끼의 손잡이로 내려찍었다.

꽈직!

생각 같아서는 날 부위로 내려찍고 싶지만, 그러지 않았다.

그들을 배도일을 잡으러 온 것이지, 나름 국민의 지팡이가 되기 위해서 열심히 살고 있는 형사들을 죽이러 온 것이 아니었다.

안면부를 강타당한 형사는 의식을 잃고 맥없이 쓰러졌다.

"이런!"

좌측에 있던 형사가 기현을 향해서 총구를 돌렸다. 그러나 그의 총구는 기현에게 다다르지 못했다.

어느새 달려온 기동의 커다란 덩치가 그의 가슴을 강하게 들이박았다.

꽈직!

소리를 내며 벽까지 튕겨진 형사는 그대로 의식을 잃고 바닥에 쓰러졌다.

"현민! 세형!"

"네, 형님."

기현은 일행 중 가장 키가 큰 현민과 가장 작은 세형을 불렀다.

그들은 곧바로 대답했다.

"너희는 종현과 한영을 밖으로 데려가라. 지금이라면 어렵지 않게 빠져나갈 수 있을 거다."

"하지만……."

"말을 길게 끌 시간이 없다. 배도일은 내가 잡겠다. 너희는 우선 종현과 한영을 병원으로 데리고 가. 총에 맞았다, 잘못될 수가 있어. 나는 그것을 바라지 않는다."

"알았습니다."

현민과 세형이 고개를 끄덕였다.

그들은 의식을 잃은 종현과 한영을 짊어지고서는 밑층으로 걸음을 옮겼다.

이제 남은 사람은 세 명뿐이었다.

재빠르게 배도일을 처리하고 경찰서를 빠져나가야 했다.

"가자!"

기현이 말했다.

그러고는 서장실을 발로 찼다. 문고리가 부서지며 서장실 문이 양쪽으로 벌어졌다.

그때였다.

탕!

총 소리와 함께 기현의 몸이 뒤로 밀려났다. 그는 어깨를 부여잡고 무릎을 꿇었다.

"제기랄……."

조금 더 생각을 했어야 하는데.

배도일도 경찰.

그 역시 총을 가지고 있다는 생각을 미처 하지 못했다.

서장실 안쪽에 있는 소파에 배도일이 앉아 있었다. 그는 다리를 꼬고는 총구를 그들에게 향했다.

"엿 같은 세상이야. 세상이 어찌 되려는지 대한민국 공권력의 상징인 경찰서를 습격하다니. 기가 차는군."

배도일은 비릿하게 웃으며 말했다.

"네놈들이 국민들을 하도 우습게 보니까, 우리가 대신 벌을 내리려는 거지."

"개소리 하고 앉아 있네. 누가 누구를 벌한다는 말이냐? 벌은 우리가 내리는 것이야. 나는 경찰, 너희는 쓰레기. 쓰레기를 청소하는 것이 바로 우리들의 일이란 말이다."

"우리들이 내는 세금으로 먹고 사는 개자식이 말은 잘하는군."

"그나저나 궁금한 것이 하나 있군. 도대체 니들 뭐야? 간첩이냐?"

"간첩 같은 소리하고 앉아 있네."

"그럼 마스크 벗어 봐. 혹시 깡패 새끼들이냐?"

"니 놈 목을 따고 나면 벗지 말라고 해도 벗는다."

기현이 손도끼를 들고 움직였다.

총에 맞은 어깨가 미치도록 아팠지만, 움직이지 못할 정도는 아니었다.

기동과 우민도 함께 움직였다.

세 명이 동시에 움직이면 놈을 잡을 수 있을 것이라 여겼다.

탕! 탕! 탕! 탕! 탕! 탕! 탕!

열 발에 가까운 총성이 울렸다.

경찰들이 사용하는 리볼버로는 이렇게 많은 총알을 한 번에 쏟아 낼 수가 없었다.

총소리와 함께 기현과 기동은 머리를 숙여 간신히 총알을 피했다.

하지만 우민은 그러지 못했다.

그는 두 발의 총알을 가슴에 맞은 채 바닥에 쓰러지고 말았다.

"쿨럭쿨럭."

우민의 입에서 상당한 각혈이 튀어나오고 있었다. 심장을 관통한 듯했다.

기동은 우민의 뒷덜미를 잡고 서장실 밖으로 끌어냈다.

한쪽 문을 방패막이를 삼고는 그의 심장을 양손으로 막았다.

피는 펌프질을 하는 것처럼 솟구치고 있었다.

손가락 사이로 엄청난 양의 피가 쉴 새 없이 쏟아졌다.

"혀, 형님……."

우민이 입을 열었다.

"씨발, 씨발. 왜? 아파? 조금만 참기라. 너도 곧 병원에 데려다 줄 테니께."

"쿨럭쿨럭, 그게 아니고요, 형님."

우민의 목소리가 점점 작아졌다.

마지막 단어인 '형님'을 말할 때는 아주 작아서 귀를 가까이 대지 않고서는 들리지 않을 정도였다.

"나중에 말 하면 안 되겠노. 말 하면 기운 빠진데이."

우민은 숨을 헐떡헐떡 거렸다.

눈동자가 돌아간다. 더 이상 그를 이 세상에 붙잡아 놓을 수 없는 듯했다.

우민은 앞이 보이지 않았다.

무척이나 춥다는 것만 의식적으로 알고 있었다.

그가 마지막으로 걱정하는 것은 집에서 홀로 계실 어머니였다.

우민의 어머니는 환갑이 넘으셨다. 하지만 아직도 빌딩 청소를 하고 계셨다.

우민의 작은 소원이라면 어서 빨리 돈을 벌어 어머니를 편안하게 모시고 사는 것이었다. 반지하의 햇볕도 잘 들어오지 않는 전셋집이 아닌 곳에서.

하지만 아무래도 그의 작은 소원을 이뤄지지 않을 것 같았다.

어머니가…… 어머니가 보고 싶었다.

어머니, 제발 슬퍼하지 마세요.

"형…… 님, 저희 어머니…… 저희 어머니를 부…… 부
탁드립니다."

우민의 숨이 끊어졌다.

"이놈아! 이 자식아! 눈을 떠보라카이. 왜 여기서 죽고
지랄이고! 겨우 총알에 맞았다고 죽어 버리면 너무 억울하
지 않노!!"

기동은 우민의 멱살을 잡고 흔들었다.

그러나 우민은 움직이지 않았다. 점점 몸이 차가워지고
있을 뿐이었다.

"이 불쌍한 놈, 알았다. 너의 어머니는 내가 반드시 책임
져 줄끼다. 어머니만큼은 돌아가실 때까지 호의호식하며 살
게 해 줄게. 마음 편하게 가그라."

탕!

또다시 한 발의 총성이 울렸다.

기동은 이를 악물로 일어나 서장실을 엿봤다. 기현이 또
다시 총알에 맞았다.

기현이 손도끼를 들고 억지로 일어서고 있는 모습이 보였
다.

배도일은 의미심장한 미소를 짓고 있었다.

그리고 뒤편에는 다른 두 명의 형사가 총구를 겨누고 있
었다.

여러 발의 총성은 저들이 쏜 총이었던 것이다.

애애애애앵—

사이렌 소리가 경찰서 밑에서 들려왔다. 119구조대와 경찰들이 모두 도착한 모양이었다.

더 이상 시간을 끌 수가 없었다.

"형님!"

피를 뿌리며 억지로 일어서는 기현을 잡고 서장실 밖으로 끌어냈다.

아직 위험에 놓여 있다고 판단했는지 배도일과 형사들을 그들을 쫓아 밖으로 나오지 않았다.

"놔! 저 새끼의 목을 따야 해!"

기현이 발작적으로 외쳤다. 그런 기현을 기동은 힘으로 눌렀다.

허벅지와 어깨에 총을 맞아서인지 기현은 제대로 힘을 쓸 수가 없었다.

"형님, 형님. 정신 차리시소."

"뭐가!"

"저희는 실패했습니다. 지금 빠져나가지 못하면 개죽음을 당합니더."

"실패라고? 동생들은 사지에 몰아넣고 우리는 실패라고?!"

기현의 눈빛이 이글거렸다. 절망과 분노가 번갈아 가면서 비쳐졌다.

"다시 기회를 엿봐야 합니데이. 하늘이 무너져도 솟아날 구멍이 있다고 하지 않았습니꺼. 제발 부탁입니다, 지금은 강짜를 부릴 때가 아닙니더."

기동이 그렇게까지 말하자 기현의 기세가 한 풀 꺾였다.

배도일의 등 뒤에서 다른 두 명의 형사들이 나타나는 순간 그도 일이 잘못되었다는 것을 느꼈다.

하지만 이렇게 허무하게 도망칠 수는 없었던 것이다. 세 명의 부하들이 총을 맞았다.

그들에게 고개를 들 면목이 없었다.

"갑시더. 일 분 만 더 늦으면 저희는 여기서 끝장이 납니데이."

기동은 기현을 들쳐 멨다.

그는 이층까지 단숨에 내려왔다.

그제야 서장실에서 나온 두 명의 형사들이 '거기 서라!' 라고 고함을 쳤다.

늦게나마 상황을 눈치챈 것이다.

하지만 기동은 이미 이층까지 단숨에 내려온 상태였다. 일층에서 119구조대원들이 물밀듯이 밀려오고 있었다.

기동은 급히 몸을 돌려 깨진 이층 창문 밖으로 뛰어내렸다. 다행히 건물 뒤편에는 거의 사람들이 보이지 않았다.

기동은 기현을 업고서 재빨리 담을 넘어 경찰서를 빠져나왔다.

경찰서 안에 남아 있는 것은 총에 맞아 숨을 거둔 우민의 시신뿐이었다.

5.
피가 비처럼 내리고

WILD BEA

나진 건설 본사에서 상황을 보고받던 김형태의 얼굴이 있는 대로 일그러졌다.

지금 보고 받은 내용을 믿을 수 없다는 듯이 기획실장 고수만에게 되물었다.

"지금 뭐라고 했나?"

고수만은 이마에서 떨어지는 땀방울을 닦을 생각도 하지 못했다.

그 역시 밤새 일어난 사태를 믿을 수가 없을 지경이었다. TV를 켜면 대한민국을 들썩일 정도로 속보가 튀어나오고 있었다.

"사장님 담당 변호사인 하일만이가 살해당했습니다."

"또?"

"국회의원 김일성과 부장검사 최형권도 당했습니다."

"으으음……."

김형태의 입에서 신음이 흘러나왔다.

그들을 키우기 위해서 지금까지 들어간 돈만 수십억이 넘는다.

이제 제대로 쓸 만하니까 모조리 죽임을 당하고 만 것이다.

그들은 아버지와 수족들과는 다른, 자신의 심복들이었다.

"그래서 몇 명이나 당했지?"

"열두 명입니다."

"모두 살해당했나?"

"……네."

고수만은 쥐구멍이라도 숨고 싶은 심정이었다.

그는 기어 들어가는 목소리로 작게 말했다.

그는 형태를 십 년 째 모셔 왔다. 그렇기에 그가 정계와 연결을 짓기 위해 얼마나 많은 시간과 자금을 투입했는지 알고 있었다.

그런 십 년의 결실이 하루아침에 사라졌다.

형태가 망연자실한 것은 어찌 보면 당연한 일이었다.

"누구 짓이냐……?"

형태는 솟구쳐 오르는 살심을 억지로 짓눌렀다. 고수만에게 어젯밤 벌어진 얘기를 듣고 가장 먼저 떠올린 인물은 딱한 명밖에 없었다.

마도수.

자신에게 이토록 악의적인 감정을 느낄 수 있는 사람은 그자밖에 없었다.

하지만 의아한 점이 있었다.

하룻밤 사이에 그토록 많은 손발을 자를 수가 있냐는 것이다.

그 의아함은 배도일에게서 온 전화 한 통의 모든 것이 풀렸다.

"현율 실업, 이 양아치 새끼들."

형태는 주먹을 강하게 쥐었다.

설마 피라미 같은 놈들이 이빨을 드러내고 자신에게 덤빌 줄은 예상하지 못했다.

누가 봐도 그러하다.

자신은 나진 소프트와 나진 건설의 사장을 겸하고 있었다.

대학교를 다니는 젊은 학생들에게 가장 인기가 많은 사람이었고, 미래를 열어 나갈 신인물로도 선정됐다.

물론 그뿐만이 아니었다.

그의 강력한 인맥과 자금력은 대한민국에서도 최상위에 포진을 하고 있었다.

그의 부탁 한 번이면 어떤 조직도 이틀을 넘기지 못하고 지리멸렬하고 말았다.

그런데…….

이제 갓 이름을 알리기 시작한 현율 실업이라는 것들이 그런 자신을 향해 사납게 짖고 있는 것이다.

형태는 TV를 켰다.

TV에서는 아침부터 뉴스 속보가 나오고 있었다.

하긴, 국회의원과 부장검사, 변호사들이 상당수 죽고, 경찰서마저 습격을 당했으니, TV에 나오지 않으면 이상한 일이었다.

너무 일이 커져 언론을 막을 수도 없는 상황이었다.

경찰청장이 직접 나와 사과를 하고, 반드시 범인을 색출하겠다고 말을 하고 있었다.

몇몇 언론에서는 북한을 의심하기도 했다.

그도 그럴 것이 누가 그들을 살해하고, 경찰서를 습격한다는 말인가.

북한의 테러를 의심하는 것은 어쩌면 당연했다.

보기 드물게 북한도 성명을 냈다. 북한은 남한에서 벌어

진 일은 자신들과 아무런 관계가 없으며, 자신들을 매도하
면 가만히 두지 않겠다고 엄포를 놓았다.

"어찌할까요? 사장님."

부동자세로 한참이나 서 있던 고수만이 형태에게 물었다.

"……"

형태는 소파에 앉아 TV를 보며 아무런 말을 하지 않았
다.

TV를 보는 것인지, 뭔가를 골똘히 생각하는 것인지는 알
수가 없었다.

한참이나 그러고 있던 형태가 고개를 들었다.

"배도일한테 전화해서 현율 실업에 대한 기자회견은 하루
만 늦추자고 그래."

"네? 그렇게만 말하면 됩니까?"

"그래."

배도일은 머리가 뒤집힌 상태였다.

그는 현율 실업 개새끼들을 절대로 가만히 두지 않겠다고
말했다.

물론 그럴 능력이 있는 자였다. 그는 현율 실업에 관련된
모든 직원들은 최소 십 년 이상 감방에서 썩게 만들 생각이
었다.

경찰서를 습격한 자들은 무기징역에서 사형까지 높일 것

이다.

배도일은 경찰서를 습격당한 최악의 서장으로 이름을 남기게 됐다.

치욕이고, 불명예였다.

그가 눈이 뒤집히는 것은 당연했다.

하지만 형태의 생각은 달랐다.

그가 가진 인맥이 반수 이상이 잘려 나갔다. 그들의 자리는 다른 자들로 금방 메꿔질 테지만, 완전히 자신의 사람이라고 생각할 수는 없었다.

수족이 있고 없고의 차이는 크다.

다른 사람으로 바뀌면 서로 간의 이득에 의해서 움직이지 목숨을 내놓고 보좌하지는 않는다.

이 손해를 보상받아야 한다.

마도수, 네놈이 그런 식으로 나온다면 나도 똑같이 해 주겠다.

"동원할 수 있는 용역 업소 직원들을 몇 명이나 되나?"

형태가 수만에게 물었다.

"글쎄요, 언제까지 동원을 해야 합니까?"

"오늘 밤."

"그럼 오십 명까지는 가능할 겁니다."

"좋아. 돈은 얼마가 들던지 상관없어. 있는 자들 모두 동원해, 오늘 밤까지."

"알겠습니다."

고수만은 고개를 끄덕였다.

*   *   *

현율 실업 본사는 전쟁 한복판에 있는 것만 같았다. 문을
열고 나가면 화려한 네온싸인이 번쩍이는 강남의 대로였지
만 그들이 있는 곳은 그렇지 않았다.

"야, 여기 붕대 좀 더 가지고 와! 소독약 있으면 가져오
고!"

몇몇 직원들이 소리쳤다.

서른두 명의 직원들 중 상당수가 크고 작은 부상을 당했
다.

우민이 죽고, 종현과 한영 등 다섯 명이 병원에 실려가
응급수술에 들어갔다.

우민이 죽은 것은 그의 어머니에게 알리지도 못했다.

상황이 너무 급박하게 돌아가고 있어 알릴 시간도 없었
다.

다른 직원들도 자잘한 상처를 입은 자들이 많았다.

그들은 병원으로 가지 않고 본사로 와서 상처를 치료하고

있었다.

"형님, 병원에 가시는 것이 좋을 겁니다. 지금 이 상태로 있다가는 상처가 썩을 겁니다."

기현을 보며 수태가 말했다.

그도 그럴 것이 기현은 총을 두 방이나 맞았다.

급소는 피해서 맞았다고 하지만, 이렇게 내버려 둘 수는 없었다.

허벅지와 어깨를 붕도로 칭칭 동여맨 기현은 고개를 흔들었다.

"아직 버틸 수 있어."

"질못하면 죽을 수도 있습니다."

"그 입 다물어. 나도 알고 있으니까."

수태는 길게 한숨을 내쉬었다.

도수만큼이나 기현도 고집불통이었다.

물론 그의 마음도 이해는 한다.

도수가 없는 이상 조직의 구심점은 기현이었다. 그가 자리를 비우게 되면 사기는 급격하게 줄어들 것이다. 어쩌면 이탈자가 나올지도 몰랐다.

"배도일을 잡지 못했어."

"알고 있습니다."

"풀을 건드려 뱀들을 놀라게 했다. 우리의 치명적인

실수다."

"그럼 어떻게 해야 합니까?"

"외통수다."

붕대를 모두 묶은 기현은 담담하게 말했다.

"외통수요?"

그나마 아무런 상처를 입지 않은 경인철이 되물었다.

"그래, 이제 놈들의 반격이 시작될 것이다."

"어떤 식으로 올까요?"

"둘 중에 하나다. 하나는 배도일이 직접 우리는 치는 것. 놈이 현율 실업을 치게 되면 우리는 대한민국 역사에 길이 남을 테러 집단이 된다. 영원히 감방 안에서 살아야 할 확률이 높다."

"두 번째는?"

"김형태가 직접 우리를 치는 것이다. 놈이 꽤나 우리에게 화가 나 있겠지. 놈은 우리 모두를 죽이려 할 것이야. 수십 명이 죽어도 눈 하나 깜짝 안 하겠지. 그런 대규모 살인 사건이 벌어져도 놈은 그것을 덮어씌울 능력이 있다."

"뭐가 됐건 우리로서는 최악의 시나리오네요."

"맞아."

"그럼 우리는 왜 싸워야 하는 거죠? 이렇게 되면 우린 모두 개죽음이지 않습니까?"

"아직 우리에게는 패가 하나 남이 있잖아. 조커라는 패가."

"큰형님?"

"그래, 마지막 패다. 그 패가 엎어지지 않는 한 우리 모두가 죽는다고 해도 진 것이 아니야."

"킄킄킄, 그렇군요. 아직 우리에게는 가장 큰 패가 있었죠. 놈들은 모를 겁니다. 아무것도 짊어질 게 없는 맹수가 혼자서 도시를 돌아다닌다는 것이 얼마나 큰 의미인지는."

"그러니 최대한 이곳에서 버틴다. 싸울 수 있는 자들은 모두 일어나서 바리케이드를 쳐라. 대한민국의 엿 같은 놈들과 최후의 싸움이다."

"알겠습니다."

기현의 명령을 받은 인철과 수태, 기동이 밖으로 나갔다.

그들은 솔선수범하며 책상과 의자들을 날랐다.

몇몇은 편의점에 들러 음식물을 잔뜩 사서 사무실 한구석에 모았다.

다른 자들은 일층부터 바리케이드를 만들었다.

현관을 쇠사슬로 묶고, 의자와 책상을 성인 키 높이까지 쌓았다.

일층 창문들도 마찬가지였다. 블라인드를 내려서 밖에서 보이지 않게 하였다.

그리고 책상과 의자를 쌓아 창문을 깨고 들어온다고 하더라도 쉽사리 움직일 수 없게 만들었다.

현율 실업 본사는 고립된 성이 되었다.

안에서 나갈 수도 없었고, 밖에서 들어오기도 힘들었다.

완벽한 배수의 진을 친 것이다.

이제 경찰이 오든, 형태 놈의 수하들이 오든, 이곳에 발을 디디는 자는 몸 성히 나가지 못할 것이다.

해가 떨어지고 온도가 급감했다. 올해는 작년보다 더욱 추운 것 같았다.

눈발도 날리기 시작했다.

자정이 지나면서 추위는 더욱 강해졌다.

새벽 2시가 지나자 종종 지나가던 행인들의 발걸음도 뚝 끊겼다.

도로는 한적해졌다.

아마타 조의 왼팔이라 할 수 있는 창이 현율 실업 본사에 도착했다.

그가 타고 있는 고급 승용차가 도착하자 대기를 하고 있던 직원 한 명이 문을 열어 주었다.

창은 거구의 몸을 움직여 차의 밖으로 나왔다. 거구지만 움직임은 부드러웠다.

도수와 비슷한 체격에 근육질인 것과 닮았다.

그는 담배를 한 대 물고는 턱 끝으로 현율 실업을 가리켰
다.

"저긴가?"

"네, 그렇습니다."

상준이 대답했다.

그는 형태의 그늘 속에서 이 시간을 기다려 왔다.

도수의 모든 것이 완전히 무너지는 순간을.

그는 한 손에 실시간으로 촬영이 가능한 카메라를 들고
있었다.

형태가 현율 실업 양아치들이 죽어 나가는 것을 봐야 하
겠다는 명령 때문이었다.

물론 그것은 상준도 원하는 바였다.

도수가 죽고 나서도 이 테이프를 평생 간직하며 기분이
좋지 않은 날마다 볼 생각이었다.

창은 현율 실업을 넌지시 바라보았다.

"좋구만. 안에서 엄청난 살기가 뿜어져 나오고 있어."

"그 말씀은?"

"놈들도 만만치 않다는 소리야. 놈들이 안에서 우리가 들
어오기만을 기다리고 있을걸?"

상준의 낯빛이 변했다.

오십 명이나 되는 용역회사 직원들이 곳곳에서 대기를 하고 있었다.

말이 용역 회사 직원들이지만, 그들은 전직 깡패들이나 다름없었다.

몇몇을 빼고는 이 바닥 생활을 한번쯤은 해 보았다. 그런 그들에게 싸움이란 무척이나 익숙한 것이었다.

그렇기에 상준은 안심을 하고 있었다. 워낙 도수라는 존재가 주는 위압감이 대단하기에 자신도 모르게 위축이 되어 있었다.

하지만 창의 말을 듣고 있자니 더욱 불안감이 생겨났다.

오십 명이 넘는 용역회사 직원들이 동원이 됐는데 깨지기라도 하면 현장에 있던 자신에게 엄청난 불똥이 떨어질 것이 뻔한 일이었다.

"그럼 어쩌죠?"

상준이 조심스럽게 물었다.

창은 상준의 어깨에 손을 올렸다.

그의 억센 팔이 올려지자 상준은 자신도 모르게 어깨를 움츠렸다.

"쵸우 니 마, 내가 알게 뭐야. 너희들이 죽든 말든."

"그게 무슨 말씀이신지."

"내가 받은 명령은 놈들의 목을 모조리 따는 거란 말이다. 저기서 눈을 부라리고 있는 깡패 놈들은 몇 명이 죽든 나랑 상관이 없단 말이다."

상준은 이해가 되지 않는다는 듯 하이에나와 같은 눈알을 데굴데굴 굴렸다.

"빤 던!"

창은 상준의 뒤통수를 손바닥으로 쳤다. 그러고는 입술을 뒤틀며 웃었다.

"머리는 장식으로 달고 다니나? 저놈들이 현율 실업 놈들과 지지고 볶든 말든 상관이 없다고. 어차피 현율 실업 놈들은 모두 우리 손에 죽을 거니까. 안 그래?"

창은 차에 타고 있던 동료들을 향해서 말했다.

차에 타고 있던 세 명의 외국인들이 창을 보며 빙그레 웃었다.

그들은 프로.

먼저 나서서 팔팔한 놈들과 주먹다짐을 하지 않는다. 최대한 이곳에서 기다린 후 놈들의 힘이 빠졌을 때 목을 치면 된다.

똑같은 돈을 받고 일부러 무리할 생각은 눈곱만큼도 없었다.

"아, 그런 말씀이시군요."

그제야 상준의 얼굴이 밝아졌다.

"이제 알아들었냐."

"네, 네. 그럼 언제 시작할까요?"

"지금 바로."

"지금이요?"

"그래, 인해전술이다. 내가 겪어 본 바로는 대가리 수에 장사 없거든."

"알았습니다, 시작하겠습니다."

상준은 어디론가 전화를 걸었다. 그의 입에서 '시작해' 라는 명령이 떨어졌다.

현민은 이층 창문에서 밖을 살피고 있었다.

조명만 켜고 형광등은 모두 꺼 밖에서 안을 보기란 어려웠다.

그러나 현민은 블라인드를 반쯤 올리고 편안하게 밖을 살필 수가 있었다.

하나 마음은 무척이나 불편했다.

친하지는 않지만, 나름 몇 번의 술자리를 같이했던 동료인 우민이 죽었다.

또한 친한 친구인 종현은 사경을 헤매고 있었다.

그들이 쓰러진 이유가 자신 때문인 것 같았다.

또한 이런 일을 벌인 형태라는 놈에 대한 증오가 전신을 휘어 감았다.

나진 기업의 셋째 아들이자 차세대 신경영인이라는 놈이 그토록 악랄한 놈이라고는 상상도 하지 못했다.

현율 실업의 많은 직원들도 착하지는 않았다.

몇몇은 평생 욕만 먹고 살아왔다고 해도 과언이 아니었다.

그러나 형태라는 놈에 비해서는 조족지혈에 불과했다.

TV, 영화, 신문, 뉴스를 모두 봐도 그만큼 악한 자는 보지 못했다.

놈은 살아 있는 악의 화신과도 같은 자였다.

형태라는 자의 목이 잘리는 꼴을 봐야 죽어도 여한이 없을 것 같았다.

사방에서 라이트가 갑자기 켜졌다.

차량에 라이트는 모두 현율 실업 본사를 가리키고 있었다.

어쩐지 느낌이 이상했다.

그는 확성기를 들었다. 아차하면 이것으로 사이렌 소리를 내면 된다.

부우우우웅—

넉 대의 커다란 덤프트럭이 현율 실업 본사를 향해서 빠르게 달리기 시작했다.

그것을 본 순간 등골이 오싹해지는 것을 느꼈다.

놈들은 자신들이 했던 방식을 똑같이 써먹으려고 하는 것이다.

현민은 지체 없이 확성기를 들어 사이렌 소리를 눌렀다.

에에에엥에에엥—

시끄러운 사이렌 소리가 건물 안에 울렸다. 잠시 쪽잠을 자던 모든 직원들이 벌떡 자리에서 일어났다.

"모두 위층으로 피해! 놈들이 덤프트럭을 몰고 건물로 뛰어든다!"

현민은 동료들을 향해서 있는 힘껏 외쳤다.

그 순간이었다.

콰콰콰콰콰쾅!

네 대의 덤프트럭이 건물에 처박혔다. 건물은 지진이 난 것처럼 심하게 흔들렸다.

현민은 급히 고개를 밑으로 내려 창문 밖을 바라봤다.

아니나 다를까.

덤프트럭에서 내린 놈들이 불을 지르고 있었다.

콰콰콰콰콰쾅!

엄청난 폭발이 일어났다.

건물 전체가 들썩거렸으며 폭발의 소리는 수 킬로미터 밖에까지 뻗어 나갔다.

주변 상가와 건물들의 창문은 모조리 깨져 나갔다. 잠을 자던 사람들은 깜짝 놀라 건물 밖으로 뛰어나왔다.

불길이 빠르게 건물을 타고 올라왔다.

불길이 타오르자 직원들은 코와 입을 막고 상층으로 피신을 했다.

다행히도 스프링클러가 터지며 더 이상 불길이 번지는 것을 막았다.

불길이 잦아들자 수십 명의 건장한 사내들이 각종 무기들을 들고 건물 안으로 뛰어들었다.

견고하게 막아 두었던 일층의 바리케이드가 무용지물이 된 상태다.

이제 놈들은 몸으로 막을 수밖에 없었다.

문제는 놈들의 숫자가 예상보다 훨씬 많다는 것이다.

"빌어먹을 경찰이 아니야! 형태가 보낸 똘마니들이다!"

누군가가 소리쳤다.

"이 씨발 잡것들! 여기가 어디라고!"

기동이 가장 먼저 계단 밑으로 뛰어 내려갔다.

뒤를 따라 움직일 수 있는 모든 직원들이 쫓아 움직였다.

모자를 쓰고 얼굴에 하얀 마스크를 쓴 사내들이 기동을 향해 쇠파이프를 휘둘렀다.

깡!

기동은 팔로 그들이 휘두른 쇠파이프를 막았다.

팔이 저릿저릿했지만 움직이지 못할 정도는 아니었다.

그는 다른 사람들보다 훨씬 몸집이 크다.

힘은 당연히 강했지만 마른 사람들보다는 움직임이 빠르지 못했다.

차라리 한 대 맞아 주고 상대를 제압하는 편이 훨씬 편했다.

그렇기에 몸에 자잘한 상태가 많은 이유가 됐다.

기동의 주먹이 자신을 내리 친 사내의 면상에 박혔다.

주먹의 크기가 사람의 얼굴만큼 크다.

그에게 맞은 용역 직원은 비명을 지르며 나가떨어졌다. 하지만 밀려오는 적들은 너무도 많았다.

기동은 몸으로 밀고 나갔다. 정면에서 달려오던 사내들이 그에게 가로막혔다.

열 명이나 되는 용역 직원들의 그의 힘을 이겨 내지 못하고 뒤로 밀려났다.

"아악!"

가장 뒤쪽에 있던 사내의 입에서 비명이 터졌다. 넘어지고 만 것이다.

넘어진 그의 몸이 걸려 다른 사내들도 도미노처럼 쓰러졌다.

"지금이야!"

현율 실업 직원들이 쓰러진 자들을 향해서 사정없이 쇠파이프를 휘둘렀다.

빠각! 빠각! 빠각!

머리가 깨지고 뇌수가 밖으로 튀었다.

눈알이 찔려 비명을 지르는 자들도 있었다.

하지만 그들을 치는 직원들은 죄책감을 느낄 시간도 없었다.

그보다 몇 배나 되는 자들이 사방에서 물밀듯이 밀려왔다.

이층에서는 수태와 실현이 놈들에 맞서서 싸우고 있었다. 삼층에는 기현 혼자만 있다.

워낙 위중한 상태의 기현이기에 싸움에 동참할 수가 없었다.

하지만 지금 그를 잃어서는 안 된다.

도수가 없는 이상, 그가 왕이지 않은가.

왕을 잃으면 전쟁은 끝난다.

현율 실업 직원들은 몇 배나 되는 용역 회사 직원들을 맞아 악전고투를 벌였다.

"와오, 두 배가 넘는 머릿순데 비등비등하네. 이거 놀라운걸?"

둘렀다.

'깡' 소리와 함께 두개골이 박살이 났다.

눈알이 터져 나간 직원들은 비명도 지르지 못하고 숨을 거뒀다.

"하하, 이 씹째끼들. 졸라 끈질기네."

현율 실업 직원의 머리를 박살 낸 용역 직원이 숨을 거칠게 쉬며 허리를 폈다.

뭔가 자신이 대단한 것을 했다는 표정이었다.

도수는 그의 머리채를 잡고 자신 쪽으로 돌렸다.

갑자기 머리채를 잡혀 사내는 몸이 저절로 딸려 올 수밖에 없었다.

도수가 그를 무표정한 얼굴로 바라보고 있었다.

"뭐, 뭐야? 너!"

도수는 그의 머리채를 놓았다. 그러고 들고 있던 손도끼로 그의 머리통을 내려찍었다.

퍽!

머리가 반으로 쪼개졌다.

엄청난 양의 피와 뇌수가 튀며 도수의 얼굴과 옷을 적셨다.

머리가 반으로 쪼개진 사내가 힘없이 바닥에 쓰러졌다.

그 순간, 거짓말처럼 모두의 움직임이 멈췄다.

죽고 죽이는 전쟁터와 같은 싸움을 벌이고 있지만, 그들은 이제껏 머리가 반으로 쪼개져서 죽는 사람을 한 번도 본 적이 없었다.

그런 괴력이 있다는 것 자체가 믿을 수가 없었다.

도수는 자신을 바라보고 있는 자들을 훑어보았다.

이들은……

개다.

맞아서 죽을 개들.

도수의 입술이 열렸다.

"한 놈도 살아나가지 못할 것이다."

"미친 새끼."

가장 가깝게 있던 사내가 도수를 향해서 칼을 휘둘렀다.

어설프기 짝이 없는 휘두름이었다. 전문적으로 칼을 쓰는 자가 아니었다.

도수는 그의 칼을 슬쩍 피한 후 손도끼를 횡으로 휘둘렀다.

휘둘러진 손도끼가 사내의 목덜미를 찍었다.

'퍽' 소리와 함께 사내의 목이 날아가고 말았다.

잘린 목이 빙글빙글 돌며 날아가 다른 사내의 품에 떨어졌다.

"으아아아악!"

놀란 사내는 동료의 머리통을 집어 던지고 말았다.

푸식!

머리가 사라진 목에서 피가 솟구쳤다.

상당한 양의 피가 천장에서 떨어지는 물줄기와 뒤섞여 바닥에 떨어졌다.

도수의 몸이 움직였다.

그는 가까이 있는 상대부터 무차별적으로 손도끼를 휘둘렀다.

퍽! 퍽! 퍽! 퍽!

찍고! 찍고! 또 찍는다.

순식간에 다섯 명의 사내들이 목을 부여잡고 쓰러졌다.

한 치의 오차도 없이 도수의 손도끼는 그들의 목을 찍었다.

너무도 빠르게 벌어진 일이라 다른 사내들은 제대로 된 상황 판단을 하지 못했다.

"이, 이게 무슨……."

조장급인 한 사내가 눈치를 보며 주춤주춤 뒤로 물러났다.

다른 자들도 마찬가지였다.

저 거구의 사내가 나타남과 동시에 한쪽 전열이 완전히 무너졌다.

도수는 옆구리에 칼을 맞은 채 숨을 헐떡이고 있던 직원의 팔을 잡고 일으켰다.

"괜찮나?"

"회, 회장님…… 감사합니다. 괜찮습니다."

그 직원은 감격스러운 표정을 지으며 고개를 수그렸다.

"이제 이곳은 내가 맡겠다. 너희들은 뒤로 물러나라."

"아닙니다. 저희도 같이 싸우겠습니다."

"아니, 그럴 필요 없어. 너희들은 깨진 창문과 문을 막아라."

"그 말씀은?"

"한 놈도 이곳에서 나가지 못할 것이다. 받은 것에 천 배, 만 배로 되돌려 주지."

도수의 말에 큰 상처를 입었던 직원들이 모두 자리에서 일어났다.

일어선 자는 겨우 열 명 안팎이었다.

중상을 입은 자도 몇몇 있었고, 끝내 일어나지 못하고 죽은 동료도 있었다.

하지만 살아남은 자들의 눈빛은 살벌하게 빛이 났다.

이제 형세역전이다.

그들은 손에 무기를 들고 일층 곳곳으로 퍼졌다. 창문과 정문을 모두 막아섰다.

도수를 쓰러트리지 않으면 놈들은 이제 밖으로 나가지 못한다.

"크하하하! 봤느냐. 이 압도적인 존재감, 인간 세상에 있을 것 같지 않은 무시무시한 괴력! 이 등신들아, 너희들은 사람 잘못 건드렸어!!"

잠시 의식을 잃었던 기동이 깨어나 광소를 터트렸다.

양팔이 부러진 그였지만, 도수를 본 순간 고통을 잊은 모양이었다.

"넌 닥쳐!"

창이 구둣발로 기동의 면상을 밟았다.

그의 머리통이 대리석 바닥에 박혔다. 꽤나 강하게 부딪쳤지만, 정신은 잃지 않았다.

오히려 더욱 크게 광폭한 웃음을 터트렸다.

"큭큭큭큭, 맹수의 공포는 이제 곧 시작이야. 너희는 아직 맛보기도 보지 않았어."

창은 다시 한 번 기동의 면상을 후려친 후 도수에게로 등을 돌렸다.

그도 도수에게서 심상치 않은 기운을 느꼈다. 바닥에 쓰러진 사내보다 훨씬 위험하다는 것은 그동안의 경험으로 알고 있었다.

단순히 강한 것만이 아니었다.

외인부대에 있으면서 아주 간혹 저런 자들을 본 적이 있었다.

사람을 죽이는 데 전혀 죄책감을 느끼지 않는 존재들.

보통의 사람은 다른 인간을 죽이기 전 자신도 모르게 한 박자가 느려진다.

어렸을 적부터 받아 온 인성 교육과 죄책감이 그들의 몸에 브레이크를 걸기 때문이었다.

하나, 죄책감을 느끼지 않는 자들은 그런 것이 없었다. 그렇기에 손은 매우 빠르고 잔인하다.

그리고 움직임에 군더더기가 없었다.

경험상으로 저런 자를 상대하기란 무척이나 껄끄러웠다.

창은 정장 상의를 벗었다.

양 소매를 위로 걷은 다음 군용나이프를 쥐었다.

다른 용역 직원들이 옆으로 물러났다. 둘의 싸움 결과가 그들의 목숨을 좌지우지 하게 될 것이다.

도수가 창에게 성큼성큼 걸어갔다. 그의 표정으로는 무슨 생각을 하는지 알 수가 없었다.

창은 도수의 목을 향해 군용나이프를 찔러 넣었다.

빠르고 정확하게 군용나이프가 도달한다.

도수는 고개를 살짝 뒤로 뺐다.

창의 사정거리가 짧다. 그는 급히 군용나이프를 회수한

후 한 발을 앞으로 디디며 칼을 찔렀다.

도수의 짧은 움직임만으로 그것을 피해 냈다.

"뭐, 이런 새끼가."

창은 도수의 움직임을 쫓으며 연속으로 군용나이프를 찔렀다.

역시 맞지 않는다.

이번에는 옆으로 군용나이프를 그었다. 도수는 손도끼로 그것을 막아 냈다.

채챙!

짧은 날과 날이 부딪치며 불꽃을 튀었다.

순식간에 수십 번이 넘는 군용나이프와 손도끼가 부딪쳤다.

서로가 마주 보며 칼과 손도끼가 날아다녔지만 큰 피해는 주지 못했다.

자잘한 상처만 날 뿐이었다.

"쉽게 승부가 나지 않겠는걸?"

창은 군용나이프를 집어넣었다. 그리고는 양 손바닥을 폈다.

힘으로 해 보자는 소리였다.

도수도 손도끼를 허리춤에 넣었다.

그들은 손을 맞잡았다. 어마어마한 두 거인의 힘이 팽팽

하게 맞섰다.

"겨우 반도에 이런 괴력을 지닌 사내가 있다니…… 놀랍
군. 하지만 말야. 승자는 항상 나라고!"

손을 맞잡고 있던 창이 갑자기 다리를 들어 도수의 사타
구니를 올려 찼다.

빡!

하지만 창은 공격은 제대로 먹히지 않았다. 그의 얼굴이
심각하게 일그러졌다.

도수가 무릎으로 그의 공격을 막은 것이다. 발목이 옆으
로 심하게 꺾였다.

그것이 창의 실수였다.

균형을 잃자 도수의 어마어마한 힘이 한 번에 몰려왔다.

우드득!

한쪽 팔목이 옆으로 꺾였다. 도수는 한 손을 놓고 그의
어깨를 뒤로 당겼다.

우드드득!

"으아아아악!"

창의 비명이 터졌다.

도수는 그의 어깨를 뒤쪽으로 완전히 당겨 탈골을 시켜
버렸다.

뼈가 부러지는 소리가 확실하게 들렸다.

창의 뒤로 돌아간 도수는 그의 목을 휘어 감았다.

"컥컥컥."

경동맥을 압박한다.

창은 남은 한 손으로 도수의 팔을 '탁탁' 소리 나게 쳤다. 산소를 잃자 그의 얼굴이 금방 창백하게 변했다.

"내가 말했지. 아무도 살아 나가지 못할 것이라고."

도수는 그대로 몸을 꺾었다. 창의 고개가 기형적으로 뒤틀렸다.

그의 머리는 360도 회전을 하고 말았다.

얼굴은 제자리로 돌아왔지만 목이 완전히 뒤틀려 있었다.

도수가 그를 놓았다.

창은 혀를 쭉 내민 채 바닥에 쓰러졌다.

"괴, 괴물."

용역 직원들의 얼굴이 하얗게 질렸다. 가장 믿고 있던 형태의 개인경호원마저 쓰러졌다.

상층으로 올라간 다른 경호원들 곁으로 가야만 했다.

아직 세 명의 경호원들이 남아 있었다.

세 명이라면 도수를 쓰러트릴 수 있을 것이라 여겼다.

"위, 위로 올라가!"

누군가 소리쳤다.

스무 명이 넘는 사내들이 앞다투어 등을 돌리고 계단을

향해서 뛰었다.

도수는 그들을 향해 손도끼를 던졌다.

쐐애애액!

파공음을 내며 날아간 손도끼가 가장 뒤쪽에 있던 사내의 머리통을 박살 냈다.

도수는 재빨리 그의 머리통에서 손도끼를 뽑아 도망치는 자들을 무차별적으로 내려찍었다.

"으아악! 밀지 마!"

"사, 사람 살려!"

자신들끼리 뭉쳐서 넘어지고 쓰러졌다.

쓰러진 사들은 도수가 휘두른 손도끼의 밥이 되고 말았다.

도수는 온몸에 피를 뒤집어쓰면서도 도끼질을 멈추지 않았다.

그가 쓰러트리는 자들은 인간이 아니다.

자신의 삶을 부순 쓰레기일 뿐이다.

* * *

"저게 뭐야?"

현율 실업 간부들의 목줄을 끊으려던 톰이 언성을 높였다.

그의 얼굴이 심하게 일그러졌다.

분명 아무도 상층으로 올라오지 말라고 말을 했건만, 그의 말을 무시하고 열 명이 넘는 용역 직원들이 떼를 지어서 올라오고 있던 것이다.

"뭔가 좀 이상한데?"

마이클이 고개를 갸웃거렸다.

그도 그럴 것이 계단을 뛰어 올라오고 있는 용역 직원들의 표정이 공포에 질려 있었다.

마치 뭔가에 쫓기는 듯했다.

톰과 마이클은 계단 밑을 내려다보았다. 어차피 이자들은 전투력을 상실했다.

위험할 것은 하나도 없었다.

"사, 사람 살려!!"

계단을 뛰어 올라오던 한 직원이 톰과 마이클에게 구원의 손길을 요청했다.

왜?

그 의문은 곧바로 풀렸다.

빡! 빡! 빡!

뒤쪽에서 달리던 세 명의 사내가 사라졌다.

그들이 사라진 자리에서 엄청난 양의 피가 솟구쳐 앞 사람을 덮쳤다.

피를 맞은 사내들은 경기를 일으킬 만큼 비명을 질러 댔다.

다시 두 명의 사내가 뒤로 당겨졌다. 그들은 계단을 나뒹굴어 밑으로 떨어졌다.

거구의 사내가 나타나 그들의 안면에 손도끼를 내려찍었다.

곧바로 손도끼를 빼냈다.

안면이 반으로 갈라진 자들은 물고기처럼 입술을 뻐끔뻐끔 거리며 죽어 갔다.

열 명이나 되던 용역 직원들이 눈 한 번 깜짝할 사이에 모두 사라졌다.

남은 자는 그들을 이끌었던 조장뿐이었다.

그는 극도의 공포를 느끼고 있었다.

"살려 주세요! 제발……."

하지만 그도 하고 싶은 말을 끝내지 못했다.

어느새 다가온 도수가 그의 뒤통수를 향해 손도끼를 내려찍었기 때문이다.

사내는 입을 벌린 채 계단에서 굴러 떨어졌다.

톰과 제임스, 마이클의 움직임도 멈췄다.

그들은 자신들의 눈을 의심했다.

사납고 거대한 사자가 자신들을 향해서 올라오고 있다고

느껴졌다.

도수가 계단 중간에 손도끼를 든 채 그들과 마주 봤다.

"설마 일층에 있는 모든 인원들을 혼자서 처리한 것은 아니겠지?"

마이클이 중얼거렸다.

"그럼 창은……?"

톰이 그의 말을 받았다.

"당했나 보군. 그러고 보니 낯이 익은 친구네."

제임스가 대답했다.

"그때 그 괴물이네. 이거, 이거 제대로 만났는걸?"

그들은 군용나이프를 움켜쥐었다. 호텔에서 엄청난 괴력을 보여 주었던 그 사내였다.

그리고 그들의 궁극적인 목표이기도 했다.

"헤이, 맨. 다시 만나서 반가워. 그나저나, 걸프렌드는 만났나?"

톰이 도수를 향해서 이죽거렸다.

"걸프렌드?"

도수가 입을 열었다.

"그래, 자네의 걸프렌드 말이야. 큭큭큭, 참 맛 좋은 년이었어. 맞다. 자네 이름이 도수지?"

"그래서."

"질질 짜면서 자네 이름을 계속해서 부르더군."

도수의 눈매가 더더욱 암흑 속으로 빠져들었다.

"……네놈들이구나."

"아, 흥분하지 마. 자네가 충분한 만족을 주지 못해서 우리가 대신 해 준 것뿐이니까. 자네 걸프렌드도 꽤나 좋아했다고, 그렇지?"

톰은 동료들을 보며 웃었다.

"네놈들……."

"우리 뭐?"

"찢어 죽여 주마."

"해볼 수 있으면 해보시지."

도수는 들고 있던 손도끼를 톰에게 던졌다.

손도끼는 빙글빙글 돌며 무서운 속도로 날아갔다.

톰이 급히 군용나이프를 들고 손도끼를 막았다.

챙!

군용나이프가 반으로 쪼개졌다. 또한 톰도 뒤로 두 발자국이나 밀려났다.

"Fuck!"

톰은 다른 군용나이프를 꺼냈다.

그들은 동시에 계단 밑으로 내려오며 나이프를 휘둘렀다.

오랜 시간 동안 호흡을 맞춰 와서인지 그들은 서로의 영역을 침범하지 않고 날카롭게 도수를 찔러 왔다.

낮은 지역에 있기에 도수가 불리하다. 그는 연신 뒤로 물러날 수밖에 없었다.

폭이 좁아 옆으로 피할 수도 없었다. 계속해서 뒤로 물러난 그는 일층까지 밀려 내려왔다.

"회장님!"

직원들 중 누군가 도수를 불렀다.

동시에 십여 개의 날카로운 칼들이 그들을 향해서 날아갔다.

그뿐만이 아니었다.

몇몇 직원들은 바닥에 나뒹굴고 있는 의자를 들어 외인부대의 부대원들을 향해서 던졌다.

무척이나 위협적이었다.

무거운 의자들과 쉴 새 없이 날아왔고, 간간히 칼도 섞여 있었다.

다른 때라면 몸을 날려 의자를 던진 자들의 숨통을 끊었을 테지만, 그들은 함부로 움직일 수가 없었다.

만만치 않은 도수가 바로 앞에서 버티고 있었기 때문이었다.

이 상황은 도수도 외인부대에서 경호원이 된 그들도 예상하지 못한 일이었다.

덕분에 일이 수월해졌다.

도수가 그들 사이로 뛰어들었다.

그가 움직이자 날아가던 의자와 칼들이 거짓말처럼 멈췄다.

마이클이 도수를 목을 향해서 군용나이프를 찔러 넣었다. 도수는 살짝 피한 후 그의 팔꿈치를 주먹으로 쳐 올렸다. 팔의 휘며 자신에게 돌아갔다.

도수는 그의 팔꿈치를 그대로 밀었다.

푹!

본인이 내지른 칼에 목이 찔린 마이클이 눈을 뒤집고 쓰러졌다.

"이 자식이!"

제임스가 급히 몸을 틀어 나이프를 휘둘렀다. 도수는 허리를 숙여 그의 나이프를 피했다.

제임스가 휘두른 나이프는 톰의 팔목을 긋고 말았다.

얼마나 세게 그었는지 톰의 팔목이 반이나 잘려 나갔다.

"으아악!"

톰은 나이프를 놓친 채 자신의 팔목을 잡고 비명을 질렀다.

도수는 재빨리 제임스의 뒤로 돌아갔다.

제임스가 따라붙었지만 한 발 늦어 잡지를 못했다.

도수에게 등 뒤를 잡힌 것이다.

그들과 같은 프로들의 싸움에서는 모든 것이 단 일 합에 끝이 날 때가 많았다.

이종격투기 선수들처럼 장시간 치고 받고 싸우지도 않았다.

약점이 보이면 그것으로 끝을 낸다.

지금의 상황이 그러했다.

현율 실업 직원들이 그들의 싸움을 예상하지 못한 것도 그러했고, 등 뒤를 잡힌 것도 그러했다.

도수는 제임스의 뒷머리를 잡고 그대로 밀었다. 가공할 힘에 밀린 그는 버틸 수가 없었다.

제임스의 이마가 톰의 턱을 박았다.

빡!

톰은 뒤로 나가떨어졌다.

턱을 강하게 맞아 큰 충격을 받았는지 그는 제대로 일어나지도 못했다.

도수는 제임스의 허리에 무릎을 대고 앞으로 밀었다. 그리고 양손으로는 그의 목을 잡고 뒤로 당겼다.

우드드득!

제임스의 목이 완전히 부러졌다.

그는 허무할만치 제대로 된 실력을 발휘하지 못하고 쓰러지고 말았다.

도수는 톰을 향해서 걸어갔다.

톰은 가까스로 비틀거리며 일어섰다.

한쪽 팔목이 덜렁거려서 싸울 수 있는 몸 상태가 아니었다.

도수는 그의 배를 강하게 찼다.

뻑!

소리가 나며 톰은 앞으로 고꾸라지고 말았다.

"커헉!"

내장이 뒤틀렸는지 그는 저녁에 먹었던 음식들을 모조리 토해 냈다.

도수가 그의 뒷머리를 잡고 토사물에 얼굴을 비볐다.

"으읍, 으으읍."

"아까 한 말…… 다시 해 봐."

"으으읍, 자, 잠깐만."

톰은 고개를 좌우로 흔들었다.

두 명의 동료가 순식간에 당했다.

팔이 그렇게 된 상태에서 도수를 이길 수 없다고 생각한 모양이었다.

그의 얼굴은 사색으로 변해 갔다.

도수가 허리를 펴고 일어났다. 그리고 다시 그의 턱을 군화발로 걷어찼다.

빠각!

턱이 산산조각 나는 소리가 일층 전체에 울렸다. 톰은 자신의 턱을 움켜잡고 엉덩방아를 찧었다.

한 손을 도수에게 흔들었다. 제발 그만하라는 소리 같았다.

"다시 한 번 지껄여 보라고."

"제, 제발. 잘못했어, 나는 시키는 대로 했을 뿐이야. 모두 김형태가 시키는 대로 했을 뿐이라고!"

톰은 두려움이 가득한 눈빛으로 말했다.

"아니, 내가 원하는 것은 그게 아니야. 아까 한 말 다시 한 번 지껄여 봐."

"그, 그게……"

톰의 목숨은 도수의 손에 달려 있었다.

차마 그 여자를 어떻게 했다느니, 맛이 어땠다드니, 라는 말 따위는 할 수가 없었다.

"유정을 어떻게 했냐고!"

도수가 이빨을 드러냈다. 그는 한쪽 발을 들어 그대로 내려찍었다.

꽈직!

뭔가가 터지는 소리가 났다.

도수의 발이 톰의 사타구니를 터트린 것이다.

"으아아아악!"

노란 액체와 피가 섞여 그의 바지를 적셨다.

톰은 양쪽 무릎을 오그린 채 처절한 비명을 질렀다.

"유정의 마지막 모습을 말해 봐! 어서!"

"모, 몰라. 마지막으로 본 사람은 상준이라는 자야. 미안해, 정말 미안해!"

톰은 끙끙 소리를 내며 기어와 도수의 바짓가랑이를 잡고 애원했다.

도수가 그의 손에서 다리를 뺐다.

"그래? 상준은 어디 있나?"

"위, 위에."

고개를 끄덕인 도수가 다시 한 번 그의 사타구니를 있는 힘껏 찼다.

빠각!

그 광경을 지켜보던 현율 실업 직원들은 자신이 당하는 것처럼 온몸을 부들부들 떨었다.

차라리 한 방에 죽는 것이 낫지 저렇게 처절하게 죽고 싶지는 않았다.

톰의 사지가 경련한다.

입에서는 거품이 흘러나왔다.

그는 충격을 이기지 못하고, 그대로 목숨을 잃고 말았다.

"상준이…… 위에 있단 말이지."

도수는 계단을 바라봤다.

그의 입가 근육이 살짝 떨려 왔다.

가장 만나고 싶던 놈 중에 하나가 눈앞에 있다. 이제 놈에게 원금에 이자까지 쳐서 받아야 할 시기였다.

그는 상준이 있는 상층을 향해서 걸음을 옮겼다.

7.

죄는 균등하다

WILD BEA

상준.

가장 증오하는 자의 이름.

따지고 보면 가족의 불행은 이놈에게서 시작됐다고 할 수
가 있었다.

돈밖에 모르는 이놈이 도영을 속이고 사채의 빚에 빠트리
지만 않았다면 도수의 가족은 아주 평범하게, 그리고 행복
하게 살아가고 있었을 것이다.

도영의 얼굴이 잘 떠오르지 않는다.

그러나 동생을 생각하면 가슴이 북받쳐 올랐다.

얼마나 무서웠을까.

얼마나 배신감을 느꼈을까.

가장 믿었던 친구.

가장 소중했던 친구가 자신을 속였다는 것을 알았을 때 심정이 어떠했을까.

동생은 어머니의 죽음을 목격했다고 했다. 어머니의 죽음과 동시에 자신의 죽음.

어머니는 얼마나 큰 고통을 느꼈고, 동생은 얼마나 큰 죄책감을 느꼈을까.

도영아.

나는 지금 네 친구를 단죄하러 간다.

도수는 삼층까지 올라섰다. 삼층의 바닥도 온통 홍수가 나 있었다.

삼층 사무실 한구석에 두 명의 사내가 보였다. 한 사내가 누군가를 심하게 구타하고 있는 모습이었다.

가장 아끼는 동생과, 가장 증오하는 동생.

기현과 상준.

상준은 소형 카메라를 든 채 기현을 짓밟고 있었다. 기현이 피를 토한다.

붕대를 친친 감은 그의 몸은 시뻘겋게 변해 있었다.

도수는 그들에게 다가갔다.

기현의 눈과 마주쳤다.

기현의 얼굴은 못 알아볼 정도로 심하게 부어 있었다.

하지만 눈빛은 죽지 않았다. 그는 도수를 보며 빙그레 웃었다.

형님, 이제 오셨어요, 라는 표정이었다.

도수는 그를 향해 고개를 끄덕여 주었다.

기현은 상준에게 말했다.

"맹수가…… 나타났다."

상준은 불길함을 느낀 모양이었다. 그는 급히 뒤를 돌아봤다.

도수와 눈이 마주쳤다.

그의 눈동자가 점점 커져만 갔다. 경악에 가까운 표정이었다.

"마, 마, 마도수. 네가 여길 어떻게."

"상준이, 오랜만이네."

도수가 그를 보며 씩 하고 웃었다.

십 년 만의 만난 친구를 보는 듯한 표정이었다.

실제로 무척이나 반가운 느낌이 들었다. 이제껏 요리조리 잘 피해 다녔지만 이제는 놓치지 않는다.

"다, 다른 사람들은? 오십 명도 넘게 있었는데……."

상준은 설마, 설마 하는 표정을 지었다.

오십 명도 넘는 인원과 외인부대에서 오랜 잔뼈가 굵은 경호원들이 네 명이나 있었다.

용역 업체 직원들은 단순한 깡패들이지만, 경호원들은 그렇지 않았다.

그들은 진정한 프로다.

그들 모두를 뚫고 이곳까지 왔다는 것이 믿기지가 않았다.

"놈들은 밑에 있지. 그들이 좀비라면 되살아나겠지."

모두 죽었다는 말과도 같았다.

"말도 안 돼! 그 많은 사람들이 모두 죽었다는 말이야? 있을 수 없는 일이야!"

"그다지…… 너와 말씨름을 하고 싶지 않군."

상준은 온몸이 경직되는 것을 느꼈다.

도대체 이 인간 같지도 않은 괴물 때문에 모든 것이 망가졌다.

오랜 시간 집을 나와 떠돌았다. 아내도, 자식들도 보지 못했다.

전화 한 통 하지도 못했다.

모두 마도수 때문이었다.

그에 대한 증오심이 극에 달했다.

하지만 그의 앞에 서면 도저히 움직일 수가 없었다.

자신이 상대할 수 있는 수준의 인간이 아니었다.

"네가 불사신이라도 된단 말이냐! 도대체 왜 안 죽는 거야. 제발 이제 좀 죽어 달란 말이다! 내 인생에서 꺼져!"

상준은 도수를 향해 악에 받쳐 소리쳤다.

"내가 죽기를 바라나? 그럼 너 먼저 죽어 줘야겠어."

"개소리 하지 마!"

악을 쓰지만 도수와 싸울 생각은 하지 못했다.

그는 눈치를 보며 빠져나갈 궁리를 했다.

재빠르게 움직인다면 쉽게 빠져나갈 수 있을 듯했다.

하지만 그것은 도수가 미리 눈치를 채고 있었다.

상준이 움직이자마자 도수는 손도끼를 던졌다. 빠르게 날아간 손도끼는 그의 무릎에 찍혔다.

"으아아악!"

상준의 무릎이 완전히 박살 났다.

일어서려고 안간힘을 써 보았지만 일어서는 것만으로도 벅찼다.

이제 상준은 도수의 손바닥 안이었다. 그 다리로 도수에게서 도주하는 것은 불가능했다.

"이런 씨발. 빌어먹을 개새끼, 빌어 처먹을 도수 씹새끼!"

상준은 벽에 등을 기대고는 거친 숨을 몰아쉬었다.

그는 도수를 매서운 눈으로 노려봤다.

도수는 자신을 그런 눈으로 보는 상준을 이해할 수가 없었다.

자신의 집안을 풍비박산 낸 것은 그였다. 자신도 똑같은 꼴을 당할 것이라 생각하지 못했던 것일까.

그렇다면 놈은 멍청이다.

도수는 상준에게 천천히 다가갔다. 상준은 들고 있던 카메라를 휘둘렀다.

도수는 허리를 뒤로 젖혔다.

맞지 않는다. 그는 팔을 뻗어 상준의 팔목을 잡았다.

"이건 뭐지?"

"씨발, 이거 안 놔?!"

도수가 그의 팔목을 꺾었다.

팔목과 팔꿈치, 어깨에서 동시에 우드득 소리가 났다.

그의 관절들이 차례, 차례 부러졌다. 부러진 뼈는 혈관을 찢고 근육을 파열시켰다.

끝내 뼈는 살결을 찢은 후 밖으로 튀어나왔다.

"으아아아악!"

상준의 입에서 상상도 하지 못할 괴성이 튀어나왔다.

도수를 만나면 몇 번이나 죽음의 위기에 직면했지만 잘

버텨 왔다고 할 수 있었다.

하지만 지금은 아무리 머리를 굴려도 벗어날 방법이 없었다.

있다면 딱 하나.

누군가 그를 구원해 줘야 한다는 것이다.

물론 이뤄지지 않을 희망이었다.

지금 이 자리에는 긴급히 가동할 수 있는 인원을 모두 투입했다.

그리고 그들의 생사는 불명이었다. 단 한 명도 상준이 있는 곳까지 오지 않는다는 소리는 대부분이 당했다는 말과도 같았다.

도수는 상준이 들고 있던 카메라를 빼앗았다.

고가의 카메라라는 것을 알 수 있었다.

"그렇군······."

도수는 입술을 뒤틀며 서늘한 미소를 지었다.

"형태가 보고 있나?"

도수의 말에 상준은 헛웃음을 터트렸다. 그는 부러진 팔을 움켜잡은 채 소리쳤다.

"그래, 눈치가 빠르시군. 그분께서 너의 죽음을 바라고 계신다. 생생하게, 생방송으로 너와 관련된 모든 것을 지우고 싶어 하신단 말이다."

"그럼 이것으로 지금 상황을 보고 있겠군."

도수는 카메라를 들고 상준을 찍었다.

"무, 무슨 짓이야!"

"형태가 어떻게 죽게 될 것인지 미리 보여 주려는 거다."

상준의 가슴이 덜컥 내려앉았다.

도수는 이미 모든 것을 알고 있었다.

자신이 도영이의 머리를 벽돌로 내려쳐 살해한 것도 알고 있었다.

그런 후 현득과 짜고 도영의 장기를 팔아 치웠다.

그것을 알고 있는 도수가 자신을 살려 둘까? 어림 반 푼도 없는 소리였다.

하지만 상준은 죽고 싶지 않았다.

무슨 수를 써서라도 이곳에서 벗어나고 싶었다. 자신의 죽는 모습은 상상이 되지 않았다.

세상이 멸망할지라도 자신만큼은 살아남을 것이다, 그렇게 믿었다.

"아직도 너만은 살 수 있다는 표정이군. 하지만 말이야……."

도수는 상준을 보며 얼음처럼 차가운 미소를 지었다.

"하늘이 무너져도, 세상이 멸망해도 너만은 살아남지 못할 거야."

말을 끝마침과 동시에 도수의 손가락이 상준의 눈을 찔렀다.

작정하고 찔렀기에 그의 손가락은 상준의 눈알을 정확하게 뚫고 들어갔다.

"으아아아악!"

상준은 고통스러운 비명을 질렀다.

남은 손으로 도수의 팔을 마구 쳤지만, 꿈쩍도 하지 않았다.

도수가 손가락을 움켜쥐고는 그의 눈알을 뽑아냈다. 시신경이 딸려 나왔다.

도수의 손은 끈적끈적한 피로 물들었다. 상준이 살려 달라고 울부짖었지만 개의치 않았다.

도수의 양쪽 입술의 끝을 올렸다.

죄책감 따위는 모두 개나 줘 버려.

이놈의 뼈와 근육을 자근자근 씹어 먹는다고 해도 어둠은 걷히지 않을 것이다.

"이 손으로 내 동생을 내려쳤나!"

도수는 상준의 남은 한 팔을 잡아당겼다. 팔의 근육이 부들부들 떨려 왔다.

상준의 입에서는 거품이 흘러나오며 눈물을 흘렸다.

참회? 죄책감?

그런 것 따위가 아니었다.

오직 자신의 육신이 아프기 때문이었다.

남들을 위해서 흘릴 눈물은 그에게 손톱만큼도 남아 있지 않을 것이다.

"이 손으로! 이 손으로!"

도수는 상준의 남은 손가락을 하나씩 부러트린 후 압력을 이용해 뽑아 버렸다.

"으아아악!"

엄지손가락부터 새끼손가락까지 도수의 무지막지한 힘에 의해 육체에서 떨어지고 말았다.

"이 눈으로 내 동생이 분리되는 것을 지켜봤나!"

"하, 하지 마! 제발 부탁이야!"

극한의 공포.

극도의 좌절감을 느끼며 상준은 도수에게 애원했다.

당연하지만 도수가 그의 말을 들어줄 리 만무했다.

상준과 형태, 현득, 이 세 명만큼은 하늘이 무너져도 용서하지 못한다.

도수가 남은 상준의 눈알을 손가락으로 찔렀다.

토마토가 산산조각이 나는 것처럼 그의 눈동자는 박살이 났다.

상준에게 완벽한 어둠이 찾아왔다.

아무리 울부짖어도 도수는 그를 놔두지 않았다.

그제야 그의 머릿속에 남겨진 아내와 두 자식이 떠올랐다. 아직 어린아이들이다.

아이들이 커 가는 모습을 보고 싶었다.

고등학교를 졸업하고 대학교에 입학하는 모습도 보고 싶었다.

예전에는 생각하지 못했던 사소한 소망이었다.

상준은 완전히 너덜거리는 양팔을 도수의 손등에 얹었다. 앞이 보이지 않지만 도수가 어디에 있는지 짐작은 할 수가 있었다.

"도, 도수 형……. 그래, 죽여도 좋아. 대신 내 자식이 성인이 될 때까지만이라도 살려 줘. 이제 눈도 보이지 않아, 양팔로 쓰지 못해. 나는 형에게 아무런 위협이 되지 못해, 그러니까 부탁이야……. 자식들이 성인이 되면 자살을 해서 죽을게."

도수는 그런 상준을 보며 피식 웃었다.

그리고 한쪽 허리를 굽혀 상준의 귓가에 속삭였다.

"싫어."

상준의 입이 벌어졌다.

"이 악마 새끼야!! 이 정도 했으면 되잖아!! 이 정도면 충분하잖아!!"

미친 듯이 외쳤다.

그러나 도수는 꿈쩍도 하지 않았다. 오히려 손에 힘을 줘서 그의 남은 안구를 뽑아냈다.

"ㅇㅇㅇ윽, ㅇㅇㅇㅇ윽."

상준은 처절한 울음을 터트렸다.

도수는 그런 상준을 발로 찼다.

앞이 아무것도 보이지 않는 그는 옆으로 털썩 쓰러지고 말았다.

도수의 군화가 그의 목을 짓밟았다. 그리고는 한 손으로 카메라를 들었다.

자신의 얼굴과 상준의 상황을 같이 비추었다.

"김형태…… 보고 있나?"

도수가 말했다.

"보고 있을 것이라 생각한다. 너는 이것보다 훨씬 더, 아주 훨씬 더 고통스럽게 죽을 거야."

우드드득.

그 말을 끝으로 도수는 발목을 뒤틀었다.

상준의 목이 기형적으로 꺾였다.

살기 위해 끝까지 발버둥을 치던 상준은 그렇게 숨을 거두고 말았다.

그의 모습은 참으로 참혹했다.

차마 눈뜨고 볼 수 없을 지경이었다.

도수는 카메라를 상준에게 비친 후 자리를 떴다.

"괜찮나?"

기현에게 물었다.

기현의 상태도 상당히 좋지 않았다. 그렇지 않아도 총에 맞아 오직 정신력으로만 버티고 있었던 그였다.

그런 그에게 상준은 무자비한 구타를 일삼았다.

도수가 나타나지 않았다면 얼마 버티지 못하고 숨을 거둘 지도 몰랐다.

"후, 큰형님, 이렇게 뵈니 정말로 반갑네요, 쿨럭쿨럭."

기현은 도수를 보며 씩 웃었다. 입안이 터져서 제대로 된 발음이 되지 않았다.

이빨도 몇 개 빠져 있었다.

"움직일 수 있겠나?"

"그럼요, 멀쩡합니다."

기현은 억지로 손아귀에 힘을 주며 자리에서 일어났다. 팔의 힘이 들어가지 않아 몇 번이나 엉덩방아를 찧었다.

그런 기현을 도수가 부축해 주었다.

"병원부터 가. 더 이상 너희들을 희생시킬 수 없어."

"안 됩니다."

기현은 고개를 흔들었다.

"말대로 해. 너희가 이렇게 나오면 내 마음만 더 무거워져."

"싫습니다. 큰형님, 만약 제 아내가 그런 일을 당했다면 형님께서 가만히 계셨습니까? 형님이 가장 먼저 앞장서서 놈들과 싸웠을 겁니다."

"……."

도수는 아무런 말을 하지 않았다.

부인하고 싶지만, 그의 말이 맞다. 기현의 아내가 놈들에게 끔찍한 일을 당했다면 도수가 먼저 나서서 놈들을 처단했을 것이다.

하나 반대가 된다면 내용이 달라진다.

현율 실업의 피해가 너무도 컸다.

"형님, 저희도 비장의 한 수가 있습니다."

"비장의 한 수?"

"네, 잠시만 기다려 주십시오."

기현은 비틀거리며 걸어가 자신의 사무실로 들어갔다. 그리고 미나가 넘긴 서류, 나진 소프트 본사를 털어서 나온 서류 마지막으로 유정이 목숨을 걸고 탈취를 해 온 두 장의 계약서가 있었다.

"이게 뭐지?"

도수가 물었다.

"김형태와 배도일에 대한 관계, 나진 소프트의 비리, 그리고 상준과 김형태가 서로 간의 입을 다무는 조건으로 만든 계약서입니다. 형수님이 형님에게 전해 주라며 유민에게 보낸 편지에 있었다고 합니다."

들었던 기억이 난다.

도수는 유정이 남겨 준 유물을 보았다.

김형태의 목을 쐴 최고의 무기라고 할 수 있었다.

유정을 생각하니 마음이 찢어질 것처럼 아파 왔다. 눈물은 흘리지 않는다.

김형태의 목을 취하는 그날까지는…….

"언론의 퍼트릴 생각인가?"

"네."

"놈들도 가만히 있지 않을 텐데."

"방법이 있습니다."

"어떤?"

"이제부터는 제 관할입니다. 형님은 김형태를 끝장내십시오. 저는 형님이 훨씬 편하게 움직일 수 있도록 하겠습니다."

도수는 의뭉스러운 눈초리를 거두지 않았다.

하지만 기현은 피를 토하면서까지 끝까지 도수의 궁금증을 풀어 주지 않았다.

사태 수습이 매우 바빠졌다.

수많은 시체들이 산더미처럼 쌓여 있었다.

큰 사고가 아니고서 이런 살육전이 벌어진 것은 건국 이래 최대일 것이다.

기현은 일단 도수를 피신시켰다. 그리고 상처가 심한 간부들을 병원으로 데리고 갔다.

살아남은 자들은 시체들을 치웠다. 너무 많은 시체들이라 모두 치울 수가 없었다.

그나마 다행인 것은 119와 경찰들이 늑장을 부린다는 것이다.

어차피 모든 진실이 드러나게 될 테지만.

그들은 끝까지 입을 다물 것이다. 자신들에게 어떤 형량이 떨어질지 알 수는 없어도.

"이, 이, 이 개새끼."

형태는 보고 있던 모니터를 주먹으로 쳤다.

모니터는 산산조각이 나며 바닥에 떨어졌다. 모니터를 친 형태의 주먹에서 피가 뚝뚝 떨어졌다.

옆에 서 있던 경호원이 급히 달려와 그의 주먹에 피를 닦아 주었다.

모니터가 사라졌음에도 양팔을 부들부들 떨었다. 상준의

마지막 모습과 도수의 서늘한 눈빛이 머릿속에 강하게 박혔다.

어차피 도수와는 돌아올 수 없는 강을 건넜다.

끝까지 가는 수밖에 없었다.

"아마타 조!"

형태는 경호원들 중에서 우두머리인 아마타 조를 불렀다.

"하이."

아마타 조가 앞으로 나왔다.

그의 시선도 상당히 날카로웠다.

겨우 한국에서, 그것도 난다긴다하는 프랑스 외인부대 소대가 단 한 명에게 이토록 당할 것이라고는 전혀 예상하지 못했다.

아마타 조도 위기감을 느끼고 있었다.

벌써 반수 이상의 조원들을 잃었다.

더 이상 조원들을 잃게 되면 조에 대한 신뢰는 땅에 떨어지게 된다.

아마타 조가 누구인가.

아프리카와 중동을 누비며 최강의 외인부대 소대의 지휘관으로 악명을 떨치던 자가 아닌가.

그런 자가 제대로 된 군사 훈련을 받지 않은 한 명에게 속수무책으로 당하고 있었다.

전혀 예상하지 못했던 곳에서 뒤통수를 맞은 기분이었다.

"지금까지 화면에 찍힌 것 잘 편집해. 우리가 일방적으로 당하는 것처럼 말이야."

"하이."

"그리고 배도일 서장을 불러. 놈을 국민의 적으로 만들어야겠다."

"하이."

아마타 조는 가타부타 설명을 요구하지 않았다. 할 필요도 없었다.

형태가 죽이라면 죽이고, 납치를 명령하면 그 명령에 따르면 된다.

하지만 이번에는 조금 다르게 할 생각이다.

마도수라는 자.

놈의 목만큼은 반드시 따겠다.

* * *

배도일 서장이 기자회견을 하고나서 엄청난 후폭풍이 한국을 강타했다.

일명 코리아 마피아.

교도소에서 출수한 마도수라는 자가 인맥으로 신사동 파

에 합류한 후 압구정 파를 힘으로 누르고 강남을 통합했다는 것이다.

그 과정에 엄청난 피해가 발생했지만 대한민국 검찰과 경찰이 감쪽같이 속은 것은 죽은 강찬수 서장이 뒤를 봐 줬기 때문이라는 설명이 나왔다.

그 후 신사동 파는 전국구 조직으로 급격히 성장했고, 세간의 이목을 속이기 위해 현율 실업이라는 간판을 내걸었다고 한다.

현율 실업은 한국 마피아로서 거칠 것이 없었다.

그들은 민간인들을 협박하고, 건물을 빼앗고 문어발식으로 사업을 확장했다.

막강한 자본력을 바탕으로 전 방위의 로비를 펼쳤고, 넘어간 공직자 수도 부지기수였다.

대표적인 인물이 바로 고(故) 강찬수 서장이었다.

그런 이들이 마피아처럼 한국 지도층을 암살한 이유는 자신들이 하는 사업과 어긋났기 때문이었다.

아무리 로비를 해도 국회의원 김일성이나 부장검사 최형권에게는 씨도 먹히지 않았다.

어쩔 수 없이 자신들의 사업을 관철시키기 위해 그들을 제거할 수밖에 없었다.

배도일 경찰서장이 있는 경찰서를 습격한 것도 그 예 중에 하나였다.

대한민국 국민들을 분노했고, 현율 실업과 관련된 모든 자들을 용서하지 말라면서 규탄 집회를 열었다.

검찰은 현율 실업, 긴급 압수수색을 벌여 모든 컴퓨터와 자료들을 확보했다.

회사를 그만두었던 직원들까지 모두 불러들여 참고인 조사를 벌였다.

그러던 중 또 다른 일이 대한민국을 강타했다.

현율 실업의 죄악이라는 동영상이 떠돌기 시작한 것이다. 그것은 수십 명이 넘는 현율 실업 직원들과 다른 사람들이 난투극을 벌이는 동영상이었다.

서로 간 칼을 들고 싸우는 장면이라 살벌하기 짝이 없었다.

죽는 사람들도 속출했다.

많은 사람들은 그 동영상이 조작된 것이라 믿었다. 사실 그런 동영상이 버젓이 돌아다닌다는 것은 말이 되지 않았다.

하지만 얼마 되지 않아 그 장면에서 나온 남편과 아들들이 실종되었다는 제보가 잇달았다.

경찰은 동영상의 출처를 조사할 수밖에 없었다.

그러나 동영상의 출처는 중국이었고, 누가 그것을 퍼트렸는지 잡아낼 수는 없었다.

하지만 테러의 주범이라고 하는 단 두 명의 용의자가 붙잡히지 않았다.

도수와 기현이었다.

경찰과 검찰은 전력을 기울여 그들을 쫓았지만 코빼기도 볼 수가 없었다.

채진아도 참고인 자격으로 불려 나와 검찰의 조사를 받고 있었다.

말을 참고인이지만, 분위기는 무척이나 험악했다.

아는 사실들을 모두 말하지 않으면 평생 콩밥을 먹어야 한다는 협박도 서슴지 않았다.

채진아는 피곤한 얼굴로 고개를 흔들었다.

"정말이에요. 전 아무것도 몰라요."

"이봐요, 채진아 씨. 수석 비서실장이 아무것도 모른다는 게 말이나 되요? 지금 대한민국이 발칵 뒤집혔어요. 대통령이 사과 성명까지 냈다고요. 이번에 반드시 당신들과 같은 마피아를 발본색원 하라고 했다고요. 테러를 저지른 자들과 당신은 공범이고."

"미치겠네, 저는 정말로 아무것도 몰랐다고요. 회사 자료들을 보시면 알잖아요!"

진아는 당당하게 소리쳤다.

그녀는 잘못이 없다고 생각했다.

이 모든 사태의 주범은 대한민국 최상위층인 김형태가 벌인 짓이다.

그자로 인해서 이런 비극이 일어났다.

김형태의 사주를 받은 자들이 현율 실업을 습격했고, 현율 실업의 직원들은 당하기 않기 위해 맞서 싸울 수밖에 없었다.

그렇기에 마도수는 대부분의 직원들을 퇴사시켰다. 조금이라도 피해를 줄이기 위해서.

회장인 마도수를 생각하면 한쪽 가슴이 아파 왔다.

세상에는 많은 아픔을 가지고 사는 사람들이 있지만, 마도수처럼 큰 아픔을 가지고 사는 사람들을 거의 보지 못했다.

아니, 그녀가 아는 한에 있어서는 마도수가 가장 큰 슬픔을 안고 살아가는 사내였다.

그런 슬픔을 준 김형태란 개자식이 미치도록 싫었다.

당연히 그녀는 아무런 말을 하지 않았다. 어차피 그녀가 알고 있는 진실을 얘기한다고 하더라도 경찰, 검찰, 국민들은 믿어 주지 않을 것이다.

어떤 누가 그녀를 믿어 주겠는가.

지금은 입을 다물고 있는 것인 본인의 안전을 위해서도 최선의 선택 사항이었다.

"이년이 정말!"

"이년? 지금이 쌍팔 년도 시댄가? 야, 이 새끼야! 나는 참고인이야. 내가 아는 것이 있어야 말하지! 이봐, 당신 검찰이지? 말 다했어?!"

채진아가 자리에서 벌떡 일어나 검사에게 삿대질을 했다.

검사는 깜짝 놀란 표정을 지었다.

대한민국 모두가 그들에게 분노를 내뿜고 있는 상황에서 적하반장이라고 여겨졌다.

당연히 진아의 성격을 몰라서 그런 식으로 말한 면도 있었다.

채진아가 어떤 여자인가.

수십 명의 조직원들이 피를 뿌리며 쓰러져도 눈 하나 깜짝 하지 않는 여자가 바로 채진아였다.

그런 그녀에게 욕설은 기름에 불을 붙인 것밖에 되지 않았다.

또한 진아가 믿고 있는 구석이 있었다.

마도수는 이미 이런 일을 예상하고 석연찮은 모두 자료를 폐기한 후였다.

어떤 자료를 뒤져도, 핸드폰의 문자를 찾아도 그들이 말한 것과 일치되는 것은 없었다.

단 하나, 동영상을 빼고는.

동영상에 찍힌 자들은 현율 실업 직원들이 맞았다. 그리고 그들과 죽고 죽이는 싸움을 벌인 자들은 한 명도 빼지 않고 실종 상태였다.

왜 저런 일이 벌어졌는지 진아도 짐작을 했다.

그렇지만 자세한 내막은 그녀도 알지 못했다.

진심으로 알지 못하는 그녀는 검사 앞에서 당당하게 나갈 수가 있었다.

진아가 검사를 향해서 막 나가자 그의 얼굴이 벌겋게 변했다.

분에 못 이겨 하는 표정이었다. 다른 수사관이 그를 잡고 밖으로 데리고 나갔다.

조금만 쉬고 하시라는 말을 덧붙이면서.

진아는 밖으로 나가는 수사관에서 소리쳤다.

"여기 달달한 커피 한잔 줘요. 커피 한잔 주지 않으면서 사람 불러다 놓고 이게 뭐하는 짓이에요?"

수사관의 얼굴 근육이 푸들푸들 떨렸다.

그는 잠시 후 종이컵에 탄 믹스 커피 한 잔을 가져다주었다.

진아는 다시 언성을 높였다.

"이런 거 말고요. 크고 맛있는 커피로 달라고요."

수사관은 머리를 절레절레 흔들었다.

    그리곤 밖으로 나가 프랜차이즈 커피점에서 산 대형 커피
잔을 그녀의 앞에 놓고 밖으로 나갔다.

                    *   *   *

    기현은 민희에게 전화 한 통 하지 못했다.

    아마도 큰 걱정을 하고 있겠지.

    대한민국 전체가 난리 났으니 그녀가 걱정하는 것은 당연
했다.

    많은 언론사에서 집으로 찾아가 민희와의 인터뷰를 하기
위해 난리를 칠 것이다.

    하지만 그는 이미 민희에게 말을 해 뒀다.

    "곧 세상이 뒤집어질 거야. 그러니 처갓집에 가 있든지,
아무도 모르는 곳에 숨어 있어."

    "그게 무슨 말이야, 오빠?"

    민희의 얼굴색이 대번에 변했다.

    여자들의 직감은 뛰어나다.

    며칠 전부터 기현의 안색이 너무 가라앉아 있었다.

    일주일에 서너 번이나 되던 술자리를 단 한 번도 갖지 않
았다.

    아이 때문에 그런 것이 아니라는 것은 살을 붙이고 사는

그녀가 가장 잘 알고 있었다.

하지만 민희는 묻지 않았다.

회사에 뭔가 좋지 않은 사정이 있을 것이라는 예상만 했을 뿐이다.

그리고 다시 며칠 후.

민희에게 너무도 큰 충격적인 소식이 들려왔다. 바로 가장 친한 친구인 유정이 죽었다는 소리였다.

그것도 사고가 아닌 살해라니.

믿을 수가 없었다.

그녀는 만사 제쳐 두고 그녀의 빈소를 찾았다. 유정의 아버지는 반쯤 얼이 빠져 있었다.

유민만이 묵묵하게 상주 노릇을 하고 있었다.

그의 손을 잡고 울며 무슨 일이냐고 물었다.

하지만 유민은 고개를 가로저을 뿐 아무것도 모른다고 답했다.

유민은 아이를 친정에 맡기고 삼일장을 같이 치렀다.

마지막 날이 됐을 때. 그녀가 화장이 되는 순간을 잊지 못한다.

뜨거운 불 속에 유정이 놓여 있었다.

그렇게 친구가 떠나갔다.

그녀가 집에 돌아오자 기현은 담담하게 말했다. 피신해

있으라고.

이제는 확실해졌다.

유정은 모종의 일에 얽히고 만 것이다.

그렇지 않으면 사회부 기자인 그녀가 그렇게 쉽게 갈 일이 없었다.

"오빠, 솔직히 말해 봐. 지금 위험한 일에 휘말려 있지? 제발 부탁이야, 그러지 말고 나랑 같이 있어. 무섭단 말이야……."

민희는 기현의 손을 잡고 눈물을 흘렸다.

기현은 그런 민희를 가만히 안아 주었다.

"미안해, 가야만 돼."

"회장님이 있잖아. 회장님이라면 유정을 죽인 범인을 충분히 잡을 수 있을 거잖아. 오빠가 그랬잖아, 세상에서 회장님만큼 강한 분은 본 적이 없다고."

"이번 일은 상식을 벗어났어."

"그게 무슨 소리야?"

"상식과 비상식의 싸움이야."

민희는 기현의 말을 이해하지 못했다.

뭐가 상식이고 비상식인지 전혀 알 수가 없었다.

"그러니까 내 말을 믿어. 곧 대한민국이 발칵 뒤집힐 거야. 그러나 언론에서 떠드는 모든 것을 믿으면 안 돼."

"제발 알아들을 수 있게 말을 해 줘. 부탁이야."

"곧, 곧…… 모든 것을 알게 될 거야. 대한민국이 얼마나 크게 부패를 했는지. 힘없는 약자를 얼마나 짓밟고 살아왔는지."

"무서워, 오빠……."

"믿어 줘, 지금은 그 말밖에 할 수가 없어."

기현은 민희를 가슴 깊이 안아 주었다. 지금은 그것 외에는 할 말이 없었다.

그리고 며칠 후…….

거대한 일이 대한민국을 강타한 것이다.

이제는 마지막 패를 내보일 시간이었다.

8.

절망에 관하여

WILD BEA

기현은 먼저 유정의 선배인 김 기자를 찾았다.

김 기자는 기현의 전화를 받고 무척이나 놀란 표정이었
다.

하긴 전국적으로 지명수배를 받고 있는 기현에게 전화가
왔으니 놀라지 않으면 그것이 더욱 이상한 일이었다.

그는 녹음 버튼을 누르고는 옆 동료들을 쳐다본 후 재빨
리 자리에서 일어나 사무실을 나왔다.

어쩌면 자신에게 일생일대의 특종 기회가 올지도 모른다
는 생각 때문이기도 했다.

"누구시라고요?"

복도에 아무도 없는 것을 다시 한 번 확인한 김 기자가
물었다.

—이기현이라고 합니다.

"기현 씨라고요? 제가 알고 있는 그 기현 씨 맞습니까?"

—TV에서 떠들고 있는 기현이라면…… 제가 맞을 겁니
다.

"……."

김 기자는 맹렬하게 머릿속을 회전시켰다.

자신에게 전화를 한 사람이 정말로 이기현이라면 대박 중
에 대박이었다.

하지만 다른 사람이 자신을 가지고 이상한 정보를 흘릴
수도 있었다.

여기서부터 정신을 바짝 차리고 상대가 진정한 기현인지
아닌지를 판단해야 한다.

"그런데 무슨 일로?"

한 박자를 쉰 김 기자가 물었다.

—지금까지 알려진 바와는 다른 정보를 넘기려고 합니다.

그 말에 김 기자는 눈살을 찌푸렸다.

어쩐지 찌라시 느낌이 물씬 풍겼다.

흥미를 느끼게 하는 삼류 잡지라면 냅다 물었을지도 모르
지만 자신은 아니었다.

이곳은 대한민국에서도 세 손가락 안에 드는 신문사가 아니던가.

잘못된 기사를 냈다가는 시말서 정도로는 끝나지 않았다.

"왜 저를 찾으신 겁니까? 그리고 그쪽이 정말로 기현 씨인지 제가 어떻게 판단합니까?"

김 기자는 솔직하게 물었다.

상대방이 얼버무리거나 딴소리를 하면 바로 끊어 버릴 생각이었다.

—형수님, 그러니까, 유정 씨가 가장 믿고 있는 선배이기 때문입니다.

유정이 이름이 나오는 순간 김 기자는 헛바람을 일으켰다. 그녀의 죽음은 김 기자로서도 엄청나게 큰 충격이었다.

그녀가 그렇게 갔다는 것이 아직도 믿기지 않았다.

너무도 화가 나고 원통해서 며칠 밤을 술로만 채웠다.

그의 아내도 김 기자의 고통을 알기에 아무런 말을 하지 않았다.

기현이 말을 이었다.

—모든 것은 거짓입니다. 세상은 거짓 정보에 속고 있어요. 마도수가 테러의 주범이라고요? 형수님을 잃은 마도수가? 아, 물론 그럴 수는 있죠. 형수님을 잃고 눈이 뒤집혔으니까. 하지만 말입니다, 조금 더 안쪽으로 파고 들어가면

이유가 나올 것입니다. 형님이 그럴 수밖에 없었던 이유.

이제는 상대가 기현이라고 확신했다.

유정이 현율 실업 회장인 마도수의 애인이라는 것은 극소수만 안다.

김 기자도 일부러 입을 다물고 있었기에 회사 내에서 알고 있는 사람은 유 대리를 빼고는 없었다.

그렇다면 김 기자 혼자만 알고 있는 셈이었다.

물론 마도수의 최측근이라는 기현이라면 당연히 알고 있을 것이다.

그는 마도수가 그런 짓을 저질렀을지도 모른다고 애매하게 대답했다.

하지만 가장 신경이 쓰이는 부분은 따로 있었다.

왜?

누가 유정을?

이라는 부분이었다.

그러고 보니 유정은 살해를 당했다.

유명한 신문사의 사회부 기자가 살해됐는데 아무 곳에서도 그런 사실을 공표하지 않는 것이 이상했다.

누구도 모른다는 것이 가장 이해가 되지 않는 것이다.

뭔가 있다!

직감적으로 감이 왔다.

"자료는 확실하게 있는 것이죠?"

—보시면 압니다.

"어디서 만날까요?"

—그곳은······.

전화기 너머로 기현의 목소리가 속삭이듯이 들려왔다.

김 기자는 잠자코 고개를 끄덕였다.

김 기자는 자신의 구식 승용차를 끌고 관악산 공용주차장으로 향했다.

국립공원답게 낮에는 상당한 인파가 붐비지만, 오후가 지나면 빠르게 사람들의 숫자가 줄어들었다.

날씨가 춥고 눈까지 내려 공용주차장은 무척이나 썰렁했다.

김 기자는 차를 주차시킨 후 십여 분을 기다렸다. 고개를 좌우로 돌리며 기현을 찾았지만 보이지는 않았다.

듬성듬성 주차되어 있는 다른 차량만 보일 뿐이었다.

혹시 오지 않은 것인가 걱정이 되었다.

어쩌면 이곳까지 오는 도중에 체포가 됐을 수도 있고.

다행히 그것은 아닌 모양이었다.

김 기자가 있는 곳과 멀지 않은 곳에서 기현이 내렸다. 그가 기현인지는 한눈에 알아봤다.

유정의 장례식장에서도 몇 번이나 얼굴을 마주쳤기 덕분에 얼굴을 알 수가 있었다.

기현은 김 기자가 있는 곳으로 곧 바로 오지 않았다.

빙 둘러서 그에게 온다. 그러고는 차 문을 손가락으로 똑똑 건드렸다.

김 기자는 차 문을 열어 주었다.

기현은 차에 타며 그에게 고개를 까닥였다.

"오랜만입니다."

"네, 오래만이네요. 얼굴색이 좋지 않네요?"

급박한 상황인 만큼 평소라면 본론으로 바로 들어가야만 했다.

하지만 기현의 얼굴색이 너무 좋지 않았다.

당장 쓰러진다고 하더라도 믿을 것만 같았다.

물론 쫓겨 다니고 있는 상황이니 그럴 수도 있겠다 싶었지만, 얼굴이 너무 안쓰러워 보였다.

"괜찮습니다."

기현은 얼굴을 찡그리며 말했다. 움직일 때마다 총에 맞은 부위가 비명을 질렀다.

어제부터는 그 부위들이 괴사를 시작했다. 더 이상 놔뒀다가는 사지를 잘라 내야 할지도 몰랐다.

그러나 기현은 진통제를 잔뜩 먹으며 참아 냈다.

이대로 쓰러져서는 안 된다. 죽더라도 모든 일을 완수해야만 했다.

그래야 남은 직원들이 살고 도수가 산다.

모든 사람들이 대인이라 일컫는 그를 지옥으로 추락시킬 수가 있었다.

비록 아무런 일도 안 일어날 수가 있었다. 하지만 누군가는 해야 하지 않겠는가.

적은 보폭이라도 한 발을 움직여야만 발자취는 남을 것이다.

"모든 상황이 뒤집어질 만한 자료란?"

김 기자가 물었다.

기현은 메고 있던 가방을 열어 자료를 꺼내 그에게 주었다.

김 기자는 자료를 받은 후 핸드폰을 켰다.

혹시 모를 일에 대비하기 위해서였다.

그는 핸드폰의 빛을 이용해 자료를 넘겼다.

넘길수록 그의 얼굴이 점점 일그러졌다. 분노의 얼굴을 한 야차의 상과 비슷할 정도였다.

"이, 이런 개 같은 일이……. 정말로, 정말로…… 이런 일이 벌어졌다는 말입니까?"

너무 말이 안 된다.

김 기자는 기현에게 확인을 받을 수밖에 없었다.

"모든 일은 김형태와 이상준, 피현득. 이 세 명에서부터 시작된 겁니다. 서로가 서로의 치부를 감추기 위해서 더욱 악한 짓을 저질렀죠. 동영상 보셨죠?"

"봤습니다."

"김형태가 보낸 놈들입니다. 편집이 돼서 우리 직원들이 그들을 폭행하는 것처럼 보이지만 실상은 전혀 아닙니다. 놈들은 덤프트럭을 이용해서 저희 건물을 덮친 거죠. 물론 저희도 만반의 준비를 하고 있었습니다."

"그럼 현율 실업은 습격한 자들은 어디로?"

"……."

기현은 고개를 저었다.

어차피 수십 명의 사상자가 발생했다.

이 일이 제대로 터지고 나면 솔직하게 말을 할 셈이다. 죄는 죄였다.

죗값은 받아야 하지 않겠는가.

"이상준은 사채로 서민들의 피를 빨아먹었고, 돈을 갚을 수 없게 되면 피현득에게 팔아 장기를 빼냈습니다. 그리고 강찬수와 배도일은 그것을 묵인해 왔고요. 강찬수와 배도일은 김형태의 충실한 하수인으로서 보통 사람들을 상상도 하지 못할 악행들을 저질러 왔습니다."

기현의 말에 김 기자는 고개를 끄덕였다. 그 외에도 엄청
난 사실들이 잔뜩 적혀 있었다.

　이 말이 사실이라면 테러를 당한 자들은 죽어 마땅한 악
귀들이나 마찬가지였다.

　사회의 지위를 이용해 서민들의 피를 빨아먹는 흡혈귀였
다.

　"그리고 이거⋯⋯."

　기현은 복사한 두 장의 계약서를 마지막으로 건넸다. 이
것으로 모든 일의 사실이 확인된다.

　두 장의 계약서.

　이것으로 악의 길이 시작된 것이다.

　"할 수 있겠습니까?"

　기현이 물었다.

　김 기자는 섣불리 대답을 할 수가 없었다. 자신이 처리하
기에는 너무도 큰일이었다.

　지금까지의 일을 뒤엎고도 남을 대한민국 치욕의 역사로
길이 남을 것이다.

　본인이 책임질 선을 훨씬 뛰어넘었다.

　"형수님은 무척 좋은 분이셨죠. 정의감 투철하고, 불의를
모르고, 활기차고, 보기만 해도 웃음이 나오는 그런 분이셨
죠."

"그렇지요."

"그런 분이 어떻게 돌아가셨는지 알고 계십니까?"

"당신은 알고 있습니까?"

김 기자가 되물었다.

"형수님은……."

기현은 자신이 알고 있는 사실에 대해서 조금의 거짓도 없이 하나씩 얘기했다.

그의 얘기를 듣고 있던 김 기자는 처음에 울분을 터트렸다.

그리고 기현의 얘기가 끝났을 때는 눈물을 펑펑 쏟았다.

"그 불쌍한 것이, 그렇게나 모진 꼴을 당하고……. 이런 인간 같지도 않은 개자식들."

"형수님은 그 상황에서도 가족과 형님을 생각하셨죠. 힘 없는 자들을 억누르는 이 엿 같은 자들은 단연코 단죄를 받아야 합니다."

김 기자는 눈물을 훔쳤다.

가슴을 막았던 거대한 세력에 대한 두려움이 사라졌다.

분명 이 사실을 언론에 발표하면 본인에게 어떤 후환이 닥칠지 어느 정도 예상을 할 수가 있었다.

한직으로 좌천이 될 수도 있고, 검찰의 조사를 받고 유언비어를 퍼트린 죄로 징역형을 살 수도 있었다.

하지만 누군가는 알아야 한다.

대한민국 국민이라면 사회 지도층이 자신만의 이익을 위해서 얼마나 서민들을 억압했는지 반드시 알아야 했다.

그래야 다시는 이런 일이 발생하지 않을 것이다.

"······하겠습니다."

"위험할 수도 있습니다."

"제 목숨을 걸지요."

"위험에 처하게 해서 죄송합니다."

기현은 김 기자에게 정중히 사죄했다. 그런 기현에게 김 기자는 고개를 흔들었다.

"곧 초등학교에 들어갈 자식들에게 비겁한 아버지는 되고 싶지 않습니다. 그리고 우리 불쌍한 유정을 위해서라도······."

*　　*　　*

대한민국에 믿을 사람은 몇 명 없었다.

거의 모든 사람들이 도수와 기현의 적이라고 할 수 있었다.

하지만 몇몇은 믿을 수가 있었다.

유민이었다.

경찰청 최연소 팀장으로 있는 유민은 유정의 죽음에 미칠 듯한 분노를 느끼고 있었다.

그는 모든 업무를 중단하고 누가, 왜, 누나를 죽였는지 뒤쫓았다.

상부에서도 그것은 묵인해 주었다.

몇몇 간부들이 그런 그를 못마땅하게 봤지만, 친족이 살해를 당한 상태에서 그만하라고 말릴 수는 없는 노릇이었다.

유민은 한 통의 전화를 받았다.

전국의 경찰과 검찰이 쫓고 있는 기현이었다.

하지만 유민은 기현을 의심하지 않는다.

어떤 이유가 있어서 이런 엄청난 일을 벌였을 것이라 생각한다.

그것은 바로 그가 기현에게 넘겼던 계약서였다.

유민과 기현은 한강 둔치에 있는 주차장에서 만났다. 새벽 시간이라 운동을 하는 사람은 거의 볼 수가 없었다.

어차피 영하 10도가 넘는 한파라, 운동을 할 엄두도 내지 못할 것이다.

기현은 유민에게 자신이 모은 모든 자료를 넘겼다. 자료의 양은 상당히 방대했다.

유민이 그동안 추적하고 모았던 자료들보다도 훨씬 치밀하고 무서웠다.

그 역시 김 기자만큼이나 분노했다.

아니, 더더욱 분노했다.

얼마나 강하게 입술을 물었는지 피가 섞여 나올 지경이었다.

그의 누나는 사회 지도층에 의해 압사가 당한 것이다. 너무 많은 인물들이 거미줄처럼 얽혀 있어 누구부터 잡아내야 하는지 난감할 지경이었다.

자료를 모두 살핀 유민은 두 주먹을 움켜쥐었다.

"누나의 죽음에 직접적으로 연관이 된 자는 나진 소프트 사장 김형태와 사채업자 이상준, 장기매매업자 피현득이군요. 그리고 배도일부터 강찬수, 정말 많이도 김형태의 수족처럼 움직였군요."

"맞아요. 우리가 테러를 저지른 이유를 알겠습니까? 놈들은 저희를 목을 노렸어요. 큰형님의 목을 조이기 위해 형수님을 노렸구요. 저희는 그에 대한 보복을 한 겁니다."

죽음을 죽음으로 갚았다라……

경찰된 입장에서 그것은 있을 수 없는 일이었다.

하지만 한 인간의 입장에서 충분히 이해가 갔다.

아니, 놈들의 행태는 더욱 비열했다.

그들은 마도수와 관련된 모든 자들을 죽이려고 했다.

대한민국 내부에서 벌어진 일이라고는 믿기지 않는 참극

이었다.

"우리는 놈들의 습격을 물리쳤고, 그것은 놈들의 경각심을 불러일으켰어요. 그래서 이렇게 일을 크게 벌이는 것이죠. 하지만 놈들도 모르는 것이 있었습니다. 큰형님은 예전부터 놈들의 목을 쥘 자료를 차근차근 준비해 왔으니까요."

"개새끼들⋯⋯. 정말로 고맙습니다. 이 자료가 사실로 확인만 된다면 놈들을 모조리 잡아넣을 수 있을 겁니다. 대한민국이 또 다시 발칵 뒤집히겠지만."

"놈들의 반격도 만만치 않을 겁니다."

"알고 있습니다. 하지만 누나의 억울한 죽음을 절대로 간과하지 않을 겁니다."

"그리고⋯⋯ 한 가지 부탁이 있습니다."

"뭐지요?"

기현의 말에 유민이 되물었다.

"큰형님을, 도수 형님을 살려 주십시오."

"그건 또 무슨 말씀이십니까? 매형이 왜⋯⋯?"

도수에 대한 마음이 풀려서인지 유민은 호칭을 바꿨다.

"큰형님은 모든 것을 잃었습니다. 어머니를 잃었지만 그나마 마음에 지탱을 한 것이 바로 동생 분의 생존이었습니다. 하지만 동생은 친구라고 믿었던 자에게 무참하게 살해되었습니다. 그 사실은 얼마 전에 알게 됐지요. 그런 큰형님에게 구원 줄은 형수님이었습니다. 제가 아는 큰형님은 웃지도, 감정도 느끼지도 못하는 그런 분이었습니다. 복역 시절에는 얼마나 무서웠는지 교도관들조차 말을 함부로 하지 못했지요. 그런 분이 형수님을 만나고 나서 웃기 시작했습니다. 종종 농담도 했지요. 인간으로서 감정을 되찾기 시작한 겁니다."

"그렇군요."

유민은 담담히 고개를 끄덕였다.

그는 도수의 과거를 알지 못한다.

이야기만 들어서는 엄청나게 사나운 인물이었을 것이라고 추측할 뿐이었다.

하나, 그가 봐 왔던 도수는 겉으로 무뚝뚝할지 모르지만 속은 따뜻한 사내였다.

그것이 누나 때문이었다니.

마음 한구석이 먹먹해졌다.

기현이 말을 이었다.

"그런 형님께서 형수님마저 잃었습니다. 형님은 감정이 사라졌습니다. 얼마 전에 봤을 때 형님의 눈빛을 잊지 못합니다. 모든 것을 내려놓은 그런 차가운 감정. 몸서리가 쳐집니다."

"설마 자살을 하려고 생각 중일까요?"

"지금은 아닐 겁니다. 아마도 일을 처리한 후에……."

"일을 처리한 후란?"

"자신의 모든 것을 잃게 만든 자들을 파멸시킨 후가 되겠죠."

"그들을 끝장낼 자료들은 모두 이곳에 있지 않습니까?"

"아니요. 큰형님께서 그것을 원하는 것이 아닙니다."

"그렇다면…… 그자들을 직접 처리할 생각이란 말입니까?"

자신이 말을 하고도 믿지 못하는 유민이었다.

"이제 형님을 막을 수 있는 것은 아무것도 없습니다. 도시에 맹수가 풀려난 겪이지요. 브레이크를 걸어 줄 사람도 없습니다. 하지만 복수가 끝이 나면 어떻게 되겠습니까? 그 공허함, 가족의 대한 그리움, 형수님의 대한 사랑. 어떤 사람이 그것을 한꺼번에 감당할 수 있겠습니까."

"알겠습니다. 최선을 다해서 매형을 막도록 하지요."

"제가 말하는 것은 큰형님을 막는 것이 아닙니다. 바로 생존이지요."

"알았습니다, 너무 걱정하지 마세요. 기현 씨는 이제 어쩌실 생각입니까?"

"일이 터지면 남은 일에도 책임을 져야지요. 저는 자수하겠습니다."

"제가 돕겠습니다."

"말씀만으로도 고맙습니다."

기현은 빙그레 웃고는 차에서 밖으로 나왔다. 그는 주머니에서 담배를 한 대 꺼내 입에 물었다.

"콜록콜록콜록."

연기를 한 모금 빨아들이자 심하게 기침을 한다.

기침에서 피가 튀어나왔다.

정신력으로 버티고는 있지만, 언제 쓰러질지 알 수 없는 상황이었다.

하지만 이제 곧 모든 것은 끝이 난다.

놈들이든, 이쪽이든 둘 중에 하나는 반드시 파멸을 한다. 아니면 양쪽 모두 지옥으로 같이 가든지.

*　　*　　*

도수는 야전상의에 얼룩무늬 군용바지와 군화를 신고 있었다.

야전상의에 걸쳐져 있는 모자를 눌러쓰고 있어 얼굴을 자세히 보이지 않았다.

하지만 수염이 까칠하게 자라 있는 것으로 보아 며칠을 제대로 쉬지 못했다는 것을 알 수 있었다.

워낙 덩치가 크기에 쉽사리 도로에는 나갈 수가 없었다.

밤이 되면 움직였고, 낮에는 다리 밑이나 시궁창 냄새가 나는 하수도 근처에서 잠을 청했다.

아직 그는 할 일이 남아 있었다.

절대로 잡혀서는 안 된다.

그는 쓰레기통을 뒤졌다.

쓰레기 통 안에서는 역한 냄새가 풍겨졌다. 먹다 만 음식물들이 대거 버려져 있었다.

도수는 손으로 그것들을 잡아 입안으로 쑤셔 넣었다.

몸이 상할지도 모르는 상황이지만 이것저것 따질 겨를이 없었다.

기운을 간직하고 있어야 한다.

예상대로라면 곧 대한민국을 뒤흔들 엄청난 일이 터질 테니까.

그때까지 체력을 보존해야 했다.

그는 억지로 입안에 늘어온 음식물을 목구멍으로 삼켰다. 속이 받아들이지 않아 몇 번이나 신물이 올라왔다. 그래도 삼킨다.

상당한 음식물을 삼킨 그는 어둠 속으로 사라졌다.

*　　*　　*

상식이 초월하는 사태가 대한민국에서 터졌다. 너무도 비상식적인 일이기에 사람들은 믿을 수가 없다는 말만 반복했다.

일명 김형태 신디케이트.

지금까지 벌어진 테러와 관련된 모든 일이 그와 관련되어 있다는 것이었다.

더군다나 앞장서서 테러범들을 척결하겠다는 배도일 경찰서장이 김형태의 수족이었던 것이다.

사람들은 숨을 죽이고 언론을 유심히 살폈다.

테러리스트의 수장이라고 지목받은 마도수와 김형태의 악연은 십일 년 전으로 되돌아간다.

김형태는 다시금 떠오른 국민배우 미나와 함께 술을 마시고 일 박으로 여행을 떠나던 중 한 중년여인을 차로 치어 죽이고 만다.

사실 당시만 하더라도 중년여인은 살아 있었다고 한다. 하지만 김형태는 자신이 술을 마셨다는 것을 감추기 위해 중년여인의 죽음을 방치했다.

그 중년여인이 바로 마도수의 어머니.

더욱 가관인 것은 하필 그 앞에서 마도수의 동생이 친구들에게 살해를 당한 것이다.

형태와 상준, 현득은 서로를 눈감아 주기로 했다. 상준과 현득은 형태의 뒤처리를 해 주는 대신 형태는 그들의 뒤를 봐 주었다.

서로가 약점을 잡기 위해 그 자리에서 계약서를 작성했다. 계약서는 형태의 친필이라는 것도 확인이 됐다.

형태의 사주를 받은 배도일과 강찬수는 음주 뺑소니 사건을 축소시켜 중년여인의 무단횡단으로 인한 우발적 사고로 결론 지어 버렸다.

그 이후로 형태의 악행은 끊임없이 이어졌다. 그의 하수인으로 전락한 고위 공직자들도 상당수였다.

그들의 통장에 입금된 차명계좌도 낱낱이 드러났다.

이 믿을 수 없는 범죄 사실의 국민들은 믿을 수가 없다며 고개를 절레절레 저었다.

하지만 계속해서 드러나는 진실은 점점 국민의 감정을 분노로 바뀌게 했다.

상대적 박탈감이 국민을 허탈하게 만들었다.

잘 먹고 잘사는 놈들이 짜고 치는 고스톱이었다.

테러의 주범인 도수는 십 년의 옥살이를 하고 나왔다. 그는 엄청난 거물로 자란 형태에게 대항하기 위해 작은 회사를 설립했다.

그것이 바로 현율 실업이었다.

하지만 그 회사는 형태가 쳐다볼 필요도 없을 만큼 가치
가 떨어졌다.

그러나 현율 실업의 기세는 막강했다.

형태는 자신의 행태가 드러날까 두려웠다.

형태는 마도수를 잡기 위해 그의 연인을 납치하여 강간하
고 죽였다.

눈이 뒤집힌 마도수는 형태의 수족들을 차례차례 제거한
것이다.

하지만 형태의 악행은 거기서 끝나지 않았다. 수십 명도
넘는 용역 직원들을 동원해 마도수와 관련된 모든 자들을
살해하라고 명령했다.

용역 직원 한 명당 상당한 거금이 입금되었다는 사실도
확인이 되었다.

문제는 그들이 도리어 당했다는 것이다.

그들의 사체는 서해 앞바다에 분산되어 던져졌다. 인터넷
에 떠돌던 그 영상이 조작된 것으로도 드러났다.

국민의 분노는 극에 달했다.

특히 마도수에게 단 한마디 사과가 없던 형태에게 분노했
다.

만약 그가 도수에게 제대로 된 사과 한마디만 했다면 이
런 엄청난 비극은 일어나지 않았을 것이라 성토했다.

국민들은 이 사건을 철저하게 파헤치라며 청와대에게 요구했다.

테러에 초점을 맞췄던 청와대는 당황할 수밖에 없었다.

따지고 보면 순전히 개인적인 원한에 의해서 벌어진 일이었고, 그 원인 발생자는 차세대 기업인인 김형태였다.

그가 정치권에 뿌린 로비자금만 100억이 넘었고 야당과 여당을 가리지 않았다.

정치권은 숨을 죽였다. 나진 기업과 관련된 모든 일에서 손을 뗐다.

백 명에 가까운 취재진이 경찰서 앞에 모여 있었다. 그들은 배도일이 출근하기만을 기다렸다.

취재진 뒤로는 천 명에 가까운 시민들이 몰려들었다.

그들은 무척이나 분노한 얼굴로 배도일이 나타나기만을 기다렸다.

이윽고 고급 차량 한 대가 경찰서 안으로 들어섰다. 차량은 앞으로 전진을 할 수 없을 정도로 취재진들이 막아섰다. 차량이 경적을 눌렀지만 소용이 없었다.

겨우 수십 미터 전진하는 데 30분이 넘는 시간이 소요가 됐다.

깔끔한 정장을 입은 배도일이 모습을 나타냈다. 입고 있는 옷에 비해 얼굴은 무척이나 수척했다.

잠을 자지 못했는지 눈도 퀭하다.

"배도일 서장님, 한 말씀만 말씀해 주세요. 도대체 김형태 사장과의 친분은 언제부터 시작된 겁니까?"

"김형태 사장에게 받은 돈은 얼마나 됩니까?"

"김형태 사장의 정적들을 처리해 주는 대가로 이토록 빨리 진급을 하게 된 겁니까?"

"고인이 된 강찬수 서장과는 어떤 관계였습니까?"

취재진들이 몰려들어 그이게 마이크를 가져다 댔다. 열 명이 넘는 형사들이 그들을 억지로 막았다.

하지만 너무도 많은 취재진이 몰려든 관계로 열 명 정도의 형사가 막기에는 어림도 없었다.

배도일은 입을 굳게 다물고 앞으로 걸어갔다.

"한 말씀만 해 주십시오!"

"배도일 서장님!"

여러 기자들이 외쳤지만 배도일은 끝내 입을 열지 않았다.

그때였다.

어디선가 썩은 계란들이 날아왔다.

날아온 썩은 계란들은 정확히 배도일의 머리와 깨끗한 정장을 맞췄다.

썩은 냄새가 진동을 하며 노란자와 흰자가 섞여 주르륵 흘러내렸다.

"야 이 기생충 같은 새끼야! 니가 그러고도 경찰이냐?! 돈이 그렇게 좋더냐!"

"개자식아! 국민을 보호해야 할 놈이 범죄자를 감싸?! 이 호로자슥아!"

시민들이 그를 향해서 엄청난 분노를 터트렸다.

그들의 분노한 함성으로 주변이 들썩거릴 정도였다.

취재진은 썩은 계란을 맞은 배도일의 모습을 놓치면 안 된다는 듯이 쉴 새 없이 셔터를 눌러 댔다.

형사들은 가까스로 배도일을 경찰서 안까지 끌어들일 수가 있었다.

"서장님……."

배도일의 오랜 수족 노릇을 해 온 한 형사가 안타까운 표정으로 그를 바라봤다.

곧 배도일에 대한 수색영장이 떨어질 것이다. 그렇게 되면 그 형사도 무사하지 못한다.

너무 많은 자료가 곳곳에 널려 있었다. 그것이 잘못된 자료라면 모르지만 증거까지 완벽하게 발뺌을 하기가 쉽지 않았다.

만약 그들이 먼저 선수를 치지 않았다면 후폭풍이 이토록 거세게 불어 닥치지 않았을 것이다.

그들이 발표한 모든 것이 거짓말이 되었다.

자신들의 죄를 덮기 위한 거짓말······.

국민들의 분노는 청와대를 뒤엎을 만큼 거세고 상상을 초월했다.

수십 명의 목이 달아나는 것만으로는 안 된다.

김형태 신디케이트에 연루되지 않은 많은 정치인들은 이번 기회에 싹을 잘라 내야 한다고 목청을 높였다.

"따라오지 말게."

배도일은 형사들에게 손을 내저었다. 그는 혼자서 서장실로 들어갔다.

서장실로 들어가는 배도일의 어깨는 축 쳐져 있었다. 언제나 당당했던 그의 어깨는 작고 왜소해 보였다.

서장실로 들어간 배도일은 거울을 바라봤다. 며칠 전까지만 하더라도 냉정하고 당당했던 그의 얼굴이었다. 그러나 갑자기 폭삭 늙어 보였다.

"내가! 내가! 왜 이런 꼴을!"

배도일은 거울을 주먹으로 쳤다.

꽈지직!

거울은 산산조각이 나며 바닥에 떨어졌다.

"후욱후욱."

배도일은 거친 숨을 몰아쉬었다. 차츰 호흡이 안정이 된다.

그는 물티슈로 머리와 몸에 묻은 썩은 계란의 잔재를 닦아 냈다.

그리고는 서장 배도일이라고 적힌 명패를 닦았다.

"큭큭큭, 어떻게, 어떻게 올라온 자린데……."

그는 명패를 강하게 잡았다.

다시 명패를 자로 잰 것처럼 똑바로 놓았다.

널찍한 가죽 의자에 앉았다. 앉은 채 넥타이를 똑바로 맸다.

책상 앞에는 가족의 사진이 놓여 있었다. 그는 손을 뻗어 가족의 사진을 만졌다.

"정말, 정말 미안하다."

책장을 열었다.

속에는 그가 사용하는 리볼버 권총이 놓여 있었다.

권총을 들어 입안으로 가져갔다.

눈을 질끈 감았다.

손가락이 천천히 당겨졌다.

9.

야차가 되다

WILD BEA

김형태는 나진 건설 본사에 몸을 숨기고 있었다.

대한민국 국민 전체가 그의 얼굴을 안다고 해도 과언이 아니었다.

어디로 도망갈 수도 없었다.

차라리 이곳에서 몸을 숨기고 있는 편이 나았다.

"마도수…… 마도수…… 마도수."

그는 도수의 이름을 되새겼다.

그만 생각하면 울화가 치밀어 올라 먹었던 것이 역류할 정도였다.

상황은 예전부터 돌이킬 수가 없었다.

둘 중 누군가 죽어야만 끝이 났다. 하지만 이런 식으로 나올 것이라고는 전혀 예상하지 못했다.

상준과 교환했던 계약서가 도수의 손에 들어갔을 줄이야.

이제 낙관적이었던 상황은 완전히 뒤바뀌었다. 세상은 그를 욕하고, 전화기에서는 불이 났다.

그의 아버지는 충격으로 쓰러져 병원으로 실려 갔다. 형들도 도대체 어떻게 된 일이냐며 그를 찾았다.

형태는 누구와도 연락을 하지 않았다.

일단 그의 모든 치부가 드러난 만큼 누구도 도울 수가 없었다.

"김 차관은 연락이 되나?"

형태는 그를 보좌하는 기획실장 고수만에게 물었다. 고수만은 고개를 흔들었다.

"유 국회의원은? 신 기획부장은? 연 검사는?"

"죄송합니다."

고수만은 고개를 푹 떨구고 말았다.

"씨발아! 내가 이딴 대답 받으려고 너한테 그런 고액 연봉을 주는 줄 알아? 이럴 때 일을 해결하라고 돈을 주는 거잖아, 엉?!"

김형태가 벌떡 일어나 고수만에게 다가갔다. 그리고는 양손바닥으로 고수만의 뺨을 연달아서 쳤다.

덩치가 훨씬 큰 고수만의 뺨이 양쪽으로 휙휙 날아갔다. 그럼에도 그는 아무런 행동을 취하지 못했다.

설마 이런 식으로 모두가 모르쇠로 나올지 예상하지 못했다.

형태의 수족이라 할 수 있는 자들은 상당수가 죽었지만, 그렇다고 하더라도 모두가 사라진 것은 아니었다.

그들은 이번 일이 터지고 나서 몸을 사렸다.

자신들의 이름이 형태와 같이 나오지만 않기를 바라고만 있을지도 몰랐다.

고수만의 얼굴이 금방 부어올랐다.

입술이 터졌지만 그는 뒷짐을 쥔 채 피도 닦아 내지 못했다.

"헉헉헉헉."

형태는 거친 숨을 몰아쉬었다.

"그들 모두 전화를 연결해. 무슨 수를 써서라도 알아내란 말이야!"

"알았습니다."

형태의 외침에 고수만은 고개를 푹 숙인 채 사장실 밖을 나갔다.

그때였다.

경호원 중에 한 명이 사장실로 뛰어 들어오며 외쳤다.

"사장님, TV를 켜 보십시오."

"TV? 왜!"

"일단 직접 보셔야 할 것 같습니다."

형태는 리모컨을 이용해 TV를 켰다. TV에서는 여러 속보가 연이어서 터져 나오고 있는 중이었다.

그중에서 형태는 눈을 의심하는 자막을 목격했다.

김형태 신디케이트의 유력한 용의선상에 올랐던 배도일 서장 자살.

"이, 이게 무슨 소리야. 배도일이 자살하다니?"

김형태는 경호원에게 물었다.

"권총자살이라고 합니다. 유서는 없고요."

"권총자살? 이 개새끼가 죽으려면 나는 죄가 없다라는 말이라도 써 놓고 죽어야지, 그딴 식으로 죽으면 나보고 어쩌란 말이야!"

김형태의 말에 경호원은 코웃음이 나왔지만 내색하지는 않았다.

평생 그를 위해서 개처럼 일했던 사람에게 그런 식으로 말을 하다니.

"사장님!"

다른 경호원이 뛰어 들어왔다.

"또 뭐?!"

"기자들이 냄새를 맡았나 봅니다. 엄청나게 몰려오고 있습니다. 그들뿐만이 아닙니다. 촛불을 든 시민들도 이곳을 향해 오고 있다고 합니다."

"뭐? 이 개자식들이 무슨 수작이야!"

"어쩔까요?"

"어쩌긴 뭘 어째! 건물의 모든 문을 폐쇄해. 누구도 들어오지 못하게 하란 말이야!"

"누구도요?"

"그래! 누구도."

"알겠습니다."

* * *

도수는 일층 화장실 문을 열고 안에서 나왔다. 그는 일이 터지고 나서 미리 건물 안에 잠입했다.

형태를 비롯하여 회사 전체가 우왕좌왕하며 정신이 없을 것이라 예상을 했기 때문이었다.

그 예상은 적중했다.

청소를 담당하는 사람들뿐만 아니라 정직원들과 계약직

직원들 대다수가 출근을 하지 않았다.

건물을 경비하는 경비원들과 형태를 보호하는 경호원들이 남아 있는 자들의 대다수였다.

경비원들은 건물로 통하는 문을 거의 다 폐쇄하고, 혹시 모를 사태에 대비를 하느라 일층과 지하주차장에 모여 있었다.

이제 도수에게 거칠 것은 없었다.

도수는 창문 밖을 바라봤다.

눈발이 휘날리고 있었다.

유정과 처음 만났을 때도 눈발이 휘날리고 무척이나 추운 날씨였다.

남녀가 다정히 데이트에 하기에 좋은 날이지만 도수에게는 인생 최악의 날이기도 했다.

그는 엘리베이터를 이용하지 않았다. 천천히 계단을 쫓아 올라갔다.

다른 자들과 다르게 구둣발 소리도 들리지 않았다.

위층으로 올라가자 경호원들이 곳곳에 배치가 되어 있었다.

언뜻 봐도 수십 명이 넘었다.

도수는 피식 웃고 말았다.

자신의 목숨은 그렇게 중요한가. 그렇기에 이렇게 많은

사람들로 하여금 자신의 목숨을 보호하게 만든 것인가.

당신들에게도 미안하군.

형태와 관련된 자라면 그 누구도 살려 둘 생각이 없으니까.

뚜벅뚜벅.

구둣발 소리가 들렸다. 누군가 손전등을 들고 층을 살피고 있었다.

그들은 작은 목소리로 속삭이듯 도란도란 중얼거렸다.

"마도수란 자가 정말 이곳으로 올까?"

"나야 모르지."

"자넨 마도수란 자를 본 적 있나?"

"예전에."

"어디서?"

"전에 다니던 회사에서. JM기업이라고…… 그쪽 기업에서 일했거든."

"지금은 사라진?"

"응, 그곳 경호원으로 현율 실업 이기현 실장 결혼식 때 마도수란 자를 본 적이 있지."

"어떤 자던가?"

"무시무시한 자야. 우리와 같은 사람이 몇 명이나 덤벼도 이길 수가 없어."

"말이 돼? 한 손이 두 손을 막지 못하는 법이야. 아무리 싸움을 잘해도 성인 세 명만 있어도 어지간한 고수는 잡을 수 있다고."

"상식이 통하지 않는 자가 있기 마련이지. 내가 들은 소문을 얘기해 줄까?"

"뭔데?"

"현율 실업을 습격했던 용역 직원들 말이야. 그자들 대부분이 마도수란 자에 의해서 죽은 모양이더라고."

"말도 안 돼!"

"정말이야."

"이것 참…… 으스스한걸?"

"응, 제발 부탁이니까 오늘 나타나지 않았으면 해."

"그러면 좋겠지만."

그때였다.

갑자기 한 사내의 목이 한 바퀴를 돌았다.

우드득 소리가 나며 비명도 지르지 못했다.

놀란 다른 경호원이 옆을 바라봤다.

동료의 목이 360도로 돌아간 채 무릎을 꿇으며 쓰러지고 있었다.

어둠 속에서 흰 손이 나오고 있었다.

흰 손의 주인공이 누군지는 보이지 않았다. 얼굴도 볼 수가 없었다.

하지만 그가 누군지는 알 수가 있다. 거칠고 흰 손의 주인공은 사내에게 다가왔다.

사내는 꼼짝도 할 수가 없었다.

어둠에서 다가온 손은 그의 목을 휘어 감았다.

"아아아아."

얕은 신음 소리와 함께 사내의 몸이 짙은 어둠이 깔린 바닥으로 가라앉았다.

* * *

"이조, 이조 응답하라. 이조?"

고수만은 무전기에 입을 대고 계속해서 다른 조원들을 불렀다.

몇 번이나 불렀지만 응답이 없었다.

그의 안색이 점점 굳어졌다. 근육들이 미묘하게 뒤틀렸다. 심기가 점점 불편해지고 있었다.

"왜 그러나?"

아마타 조가 다가와 고수만에게 물었다.

"저희 조원들과의 연락이 끊겼습니다."

"몇 명이나?"

"미, 밑에 층 전부……."

"밑에 층 전부?"

"네."

고수만의 얼굴이 벌겋게 변했다.

그가 지금 이 사실은 안 것은 몇 분 되지도 않았다. 담배를 펴기 위해 잠시 자리를 비웠을 때 부하 경호원에게 연락이 왔다.

다른 조원들에게서 연락이 오지 않는다고.

불길함을 느낀 고수만은 급히 관제실로 돌라왔다.

그리고 무전기를 들어 밑층에 나눠져 있는 조원들을 불렀다.

대다수의 조원들에게서 연락이 없었다.

다행히도 마지막 층 조원들에게서 무슨 일이냐고 연락이 왔다.

고수만은 밑에 층 조원들에게서 연락이 되지 않는다고 확인을 해 보라며 말했다.

곧 이어 나머지 조원들과의 연락도 끊기고 말았다.

고수만은 당황했다.

몇 번이나 그들을 불렀지만 대답이 없었다.

마침 경호원들의 총책임자라 할 수 있는 아마타 조가 들어온 것이다.

"빠가야로! 모든 조원들의 연락이 끊겼는데 연락을 하지 않았단 말인가!"

언제 어디서나 평정심을 유지하던 아마타 조가 불같이 화를 냈다.

지금 그들은 막판까지 몰린 상황이다. 아마타 조는 남은 임금을 받기 위해서 반드시 도수를 잡아야만 했다.

하지만 지금까지의 경험으로 비추어 볼 때, 만만한 자가 아니었다.

거구의 비해 두뇌회전이 무척이나 뛰어났다. 작은 틈이라도 비집고 들어올 틈을 주면 안 됐다.

사실 건물을 폐쇄한 이유 중에 하나가 도수를 막기 위한 한 방편이기도 했다.

그런데 그는 무슨 수로 건물 안으로 침입을 했단 말인가.

전문적으로 훈련을 받은 자라도 지원없이 아무도 모르게 혼자서 침투하는 것은 거의 불가능했다.

"일층 경비원들에게서 연락은?"

"일층 경비원들과 연락은 됩니다."

고수만은 기어 들어가는 목소리로 말했다.

"그럼 상층에 있는 우리 조원들만 연락이 되지 않는다는 말인가?"

"그, 그렇습니다."

순간 아마타 조의 머릿속에 어떤 생각이 번뜩 스치고 지나쳤다.

"설마 놈은 미리 이렇게 될 상황은 눈치채고 건물 안에 숨어 있었다는 말인가."

놈이라면…….

뛰어난 두뇌를 가진 맹수라면 충분히 그럴 수가 있었다.

—지지지직.

마침 무전기가 울렸다.

아마타 조는 고만수의 무전기를 낚아챘다.

"누가 침입을 했나? 몇 명이나 당한거야?"

—몇 번…… 들었던 목소리군.

묵직한 저음의 목소리가 무전기 너머에서 들렸다.

"……."

관제실에 남아 있던 모든 경호원들은 얼음처럼 굳어 버렸다.

기다렸던 자다.

그리고 가장 두려운 자이기도 하다.

그가 나타났다.

—김형태는 그곳에 있겠지?

"도대체 넌 뭐야. 뭐하는 괴물이기에 죽지도 않나!"

―다행이야. 자네들이 건물을 폐쇄해 준 덕분에 마음 껏…….

"마음껏?"

도수의 말이 이어졌다.

―마음껏, 죽여 주지.

"무슨 개소리야!"

―곧 가마. 지지지지직.

무전기가 끊어졌다.

"빠가야로!"

아마타 조는 무전기를 바닥에 내동댕이쳤다.

비싼 무전기가 산산조각이 나고 말았다.

그는 다른 경호원들을 향해 소리쳤다.

"밑으로 내려간 조원들 빼고 몇 명이나 남았나?"

175㎝ 정도의 보통 키지만 단단한 체구를 하고 있던 영국인 용병 테임즈가 대답했다.

"한국 경호원 스물네 명 중에 열네 명이 당했습니다. 저희 쪽 대원도 팀장님을 합해서 여덟 명밖에 안 남았습니다."

열여덟 명이 남았던 소리였다.

한국 경호원들도 쓸 만하지만 도수가 상대라면 일초지적도 되지 않았다. 산전수전 다 겪은 외인부대 병사들도 놈에게는 역부족이었다.

그러나 이제는 결정을 내려야 했다.

10억이 넘는 돈을 포기하고 뒤로 물러나느냐, 아니면 끝까지 남아 마도수를 처치하고 돈을 받느냐.

당연히 돈은 포기하지 못한다.

무슨 수를 쓰더라도 무너진 자존심을 찾아야 했다.

"테임즈!"

"예, 팀장님."

"전원 준비를 해라. 보스가 있는 곳까지 이동해서 놈을 잡는다."

"알겠습니다."

테임즈는 남은 부하들을 추슬러 상층으로 이동했다. 다른 한국 경호원들도 움직일 채비를 꾸렸다.

이제 관제실은 의미가 없었다. 놈이 직접 모습을 드러낼 것이니 말이다.

와장창!

그들이 상층으로 이동할 준비를 할 때였다.

두터운 창문이 깨지며 사무실 의자가 날아왔다. 성인이 한 손으로 들기에는 버거운 무게였다.

그런 의자가 야구공이 날아오는 것처럼 창문을 뚫고 들어와 짐을 챙기던 경호원의 머리통을 후려쳤다.

목이 기형적으로 꺾이며 바닥에 풀썩 쓰러지고 마는 경호원이었다.

와창창! 챙그랑! 꽈지직!

하나의 사무실 의자만 날아오는 것이 아니었다.

마치 투포환처럼 사무실 의자는 계속해서 날아왔다. 창문은 모조리 깨졌고, 경호원들을 바짝 엎드려 공격을 피했다.

"이, 이런 말도 안 돼."

아직 상층으로 올라가지 못한 고수만은 경악에 가까운 비명을 토해 냈다.

어느새 관제실은 사무실 의자로 가득 찼다.

날아온 의자의 개수만 해도 족히 수십 개는 넘었다. 이것을 미사일처럼 쏘아 낼 수 있는 인간이 있다는 것이 믿기지가 않았다.

덜컥.

문이 열렸다.

도수가 들어섰다.

그는 관제실 안을 훑어봤다.

관제실 안은 난장판이었다. 고만수가 고용한 경호원들이 바닥에 쓰러져 연신 신음을 흘리고 있었다.

목이 부러지거나 팔이 부러진 자들은 상당한 양의 피를 흘렸다.

"이야아앗!"

한 경호원이 벌떡 일어나 도수를 향해 덤볐다. 예상치 못한 공격이었지만 도수는 어렵지 않게 받아쳤다.

그는 경호원의 한 팔을 잡고 자신 쪽으로 당겼다. 워낙 힘에서 차이가 나 경호원은 맥없이 끌려왔다.

그의 배를 양쪽 어깨에 둘러멘 후 머리부터 바닥에 내려 꽂았다.

꽈직!

바닥에 모서리가 있었는데 경호원의 두개골이 박살이 났다.

머리 윗부분이 사라진 그는 그대로 바닥에 쓰러져서 일어나지 못했다.

딱딱딱딱딱—

고수만의 이빨이 위아래로 부딪쳤다.

마도수, 마도수 이름은 수도 없이 들었지만, 직접 보는 것은 처음이었다.

하도 말도 안 되는 이야기만 들어서 마도수란 인물이 현실에 있는 사람인지 믿기지도 않았다.

종합적으로 그는 이런 결론을 내렸다.

마도수란 자는 엄청나게 강하다.

완력은 프로 씨름선수보다 강하고, 주먹질은 권투선수보다 강하다.

일대일로는 져 본 적이 거의 없을 것이다.

그렇기에 그의 싸움을 본 많은 사람들이 두려움에 떨었을 것이다.

하나 머릿수에는 장사가 없다.

머릿수로 이기지 못한 것은 지레 겁을 먹었기 때문이다. 한 놈이 당하면 누군가가 도망을 가고 다른 자들도 쫓아서 등을 돌린다.

당연히 혼자서 여러 명을 쓰러트렸다는 말이 나온 것이다, 라고 결론지었다.

그러나…….

지금의 상황을 보면 꼭 그렇지만은 않다, 라는 것을 깨달았다.

압도적인, 너무도 압도적인 파괴력은 모든 사람들의 손발을 얼어붙게 만들기에 충분했다.

자신이 저 주먹에 당한다면?

자신이 저렇게 내리꽂힌다면?

상상도 할 수 없을 만큼 두려웠다.

"이, 이 괴물!"

고수만은 살기 위해 등을 돌렸다. 앞에는 마도수라는 괴물이 버티고 있으니 상층으로 올라가야만 했다.

하지만 그는 계단을 오르지도 못했다.

다리에 힘이 풀렸기 때문인지 계단에 걸려 앞으로 고꾸라지고 만 것이다.

"이런."

놀란 그가 급히 등을 돌려서 도수가 있는 방향을 바라봤다.

어느새 그는 코앞까지 다가와 있었다.

"제발, 나, 나는 아무 죄도 없어요. 살려 주세요."

고만수의 눈에서 눈물이 뚝뚝 흘러내렸다.

도수는 그의 말에 대답하지 않았다. 대답 대신 주먹을 높게 들었다.

해머처럼 단단한 주먹이 고만수의 안면을 향해서 떨어졌다.

*　　*　　*

"에휴, 날씨가 이러니 손님이 없지."

조형은은 싸리비 빗자루로 펜션 주위를 쓸고 있었다. 작은 펜션이지만 노인 둘이서 운영하다 보니 손이 가는 일이 많았다.

지금처럼 눈이 많이 내릴 때는 더욱 그러했다.

함박눈이 내릴 때면 쓸어도, 쓸어도 소용이 없었다. 하늘에서 내리는 폐기물이란 말이 딱 맞았다.

그렇다고 눈을 쓸지 않을 수도 없었다.

최소한 펜션으로 들어오는 길만큼은 터 놔야 했고, 계단과 지붕 위도 털어 내야 했다.

조형은은 새벽부터 일어나 눈을 쓸고 있었다. 취미를 붙인 나무 조형물 만들기에는 신경을 쓸 여유가 없었다.

"여보, 저녁 다 됐어요. 오늘은 그만하세요."

이영옥이 조형은을 불렀다.

조형은은 고개를 끄덕였다.

혼자서는 도저히 무리였다. 어차피 이 시간에 올 손님도 없었다.

며칠 째 펜션도 텅 비어 있었다. 큰 일이 벌어지지 않는다면 내일 해도 될 법 싶었다.

그는 싸리비 빗자루를 들고 창고에 넣은 후 저택으로 향했다.

모자에 쌓인 눈과 어깨에 쌓인 눈을 털고 마지막으로 신발을 턴 후 현관으로 들어갔다.

집안으로 들어가자 후끈한 열기가 그의 몸을 감쌌다. 차가웠던 몸이 녹는 기분이었다.

이런 느낌이 좋아서 고된 펜션 일을 계속하는 것이다.

그가 외투를 벗어 옷걸이에 건 후 긴 나무로 된 식탁에 앉았다.

"일단 이거부터 드시면서 몸 좀 녹이세요."

이영옥은 구수한 냄새가 나는 보리차를 그의 앞에 나눴다.

조형은은 찻잔을 들고 홀짝거리며 마셨다.

"캬, 좋다. 역시 우리 마누라가 타 주는 차 맛이 최고라니까."

"참나, 아직도 입만 살아서."

이영옥은 입을 삐죽이고는 부엌으로 들어갔다. 그녀가 부엌으로 들어간 지 얼마 되지 않아 '쨍그랑' 소리와 함께 무엇인가 깨지는 소리가 들렸다.

"뭐, 뭐야?"

놀란 조형은이 급히 부엌으로 달려갔다.

이영옥의 앞에는 그녀가 가장 아끼는 찻잔이 깨져서 바닥에 나뒹굴고 있었다.

"아이고 이걸 어째. 이 아까운걸."

그녀는 맨손으로 깨진 찻잔을 집어 들었다.

"아서, 손 다쳐. 내가 할게."

조형은이 그녀를 만류하며 자신이 직접 깨진 찻잔을 치우려고 했다.

"아니에요. 제가 치울게요. 이건 그 아이가 선물로 준 건데."

"그 아이?"

"네, 그 아이요."

이영옥이 정답게 '그 아이'라고 부를 수 있는 인물은 단 한 명뿐이었다.

마도수.

그가 이영옥에게 나름 괜찮은 찻잔이라면서 선물로 줬던 것이다.

"어유, 잘 좀 하지. 그나저나 그 아이는 요즘 연락이 통 없네. 괘씸한 놈."

"글쎄요…… 서울에 연락을 한 번 해 볼까요?"

"됐어. 무소식이 희소식이라고 했어. 곧 뻔뻔한 얼굴을 들이밀 거야."

"그랬으면 좋겠지만……. 이건 너무 아깝네요."

이영옥은 깨진 찻잔을 쓸어 담았다. 무척이나 안타까워하는 모습이 그대로 눈에 띠었다.

그 모습을 보며 조형은은 불길한 마음이 드는 것을 감추지 못했다.

이영옥에게 무소식이 희소식이라고 긍정적인 말을 했지만, 소중한 물건이 깨진다는 것은 분명 좋지 않은 징조였다.

"후, 정말 전화라도 해 봐야 하나."

조형은은 이영옥에게 들리지 않게 낮게 중얼거렸다.

10.

무소의 뿔처럼 혼자서 가라

WILD BEA

이제 형태에게 다가가는 길이 얼마 남지 않다는 것을 알고 있었다.

형태의 뒤는 없었다.

그리고 도수에게도 뒤는 없었다.

이곳에서 결판이 날 것이다.

그것을 알고 있기라도 하듯이 놈의 경호원들은 사력을 다해서 도수를 막고 있었다.

남은 자들은 죽거나 미친 듯이 도주를 하고 보고서에서 봤던 외인부대 경호원들만 남아 있었다.

그러나 그들 한 명, 한 명 까다롭지 않은 자들이 없었다.

차라리 여러 명이서 덤볐다면 기선을 제압할 수나 있었겠지만 지금은 아니었다.

지금 보이는 자는 흑인이었다. 양손으로 군용나이프를 자유자재로 쓴다.

놈에게는 접근도 하지 못한 채 세 번의 난도질을 당했다. 두 번의 상처는 슬쩍 피부가 찢어지는 정도였지만, 마지막으로 당한 상처는 그렇지 않았다.

옆구리가 찔려 피가 쉴 새 없이 뿜어져 나왔다. 한 손으로 막고 놈을 상대하기란 불가능에 가까웠다.

상처로 인해 움직임도 현저하게 느려졌다.

놈은 낄낄 웃으며 계단을 이용해 위와 아래로 쉴 새 없이 움직였다.

"헤이, Mr. 마. 듣던 것보다 약한걸? 난 고질라 쯤 되는 줄 알았지. 이거, 고질라는 커녕 킹콩도 안 되겠는걸."

흑인이 이죽거렸다.

놈의 사정거리가 훨씬 길다.

흑인들이 팔다리가 길다는 소리는 들었지만 이렇게나 차이가 나는 줄 몰랐다.

또한 양손에 나이프를 들고 있기에 그 차이는 훨씬 길어졌다.

사정 반경 안으로 들어가기도 쉽지 않았다. 이런 종류의 싸움을 셀 수도 없이 많이 해 봤지만 이토록 어렵기도 처음이었다.

더군다나 도수의 기동력도 많이 느려졌다. 아무래도 놈과는 상성이 잘 맞지 않는 모양이다.

"헤이, Mr. 마. 어서 덤벼 보라고!"

흑인은 계단을 내려오더니 한 손으로는 나이프를 찍고 다른 손으로는 베었다.

양손을 저렇게 자유자재로 쓸 수 있다는 것이 놀랍다. 보통 한 손이 움직이면 다른 손은 방어를 취하거나 움직이지 않기 마련이다.

아니면 번갈아서 움직인다.

그것이 타당한 근육의 움직임이었다.

하나, 놈은 양손을 다른 기술로 똑같이 움직였다. 주먹이었다면 파괴력이 떨어졌을 테지만 나이프란 강력한 무기로 그것을 상쇄시켰다.

"크흑."

도수는 뒤로 물러났다.

얼굴에 난 자상 위로 놈이 그은 자상이 하나 더 생기고 말았다.

뺨에서 붉은 피가 뚝뚝 흘러내렸다.

그나마 뺨이라서 다행이었다. 조금만 얼굴을 늦게 돌렸더라면 눈이 위험했다.

도수에게 상처를 입인 흑인이 곧 바로 계단 위로 올라갔다.

이런 형국이다.

놈은 야금야금 도수의 체력을 바닥내서 쓰러트릴 생각이다.

전혀 무리할 기색을 보이지 않았다.

아무리 도수라고 하더라도 이런 식으로 싸움이 계속되면 먼저 지쳐 쓰러지고 만다.

상처도 계속해서 늘어날 것이다.

도수는 팔 하나쯤을 버리기로 마음을 먹었다.

그렇게 된다면 굉장히 불리해진다. 하지만 어쩔 수가 없었다.

여기서 이대로 쓰러질 수는 없는 노릇이지 않은가.

흑인이 '헤이, 헤이'를 외치며 계단을 내려왔다. 양손으로 다른 기술을 연달아 도수에게 펼쳤다.

도수는 피하는 척을 하다 놈이 찌른 나이프 방향으로 몸을 틀었다.

푹!

배에 제대로 박혔다.

도수는 있는 힘껏 배에 힘을 줬다.

내장이 당장이라도 튀어나올 것처럼 고통스럽지만 이를 악물고 참아 냈다.

흑인이 손을 뒤로 뺐다.

꿈쩍도 하지 않았다. 급히 다른 손으로 도수의 목을 노렸다.

하지만 도수의 손이 빨랐다. 그는 한 손으로 흑인의 사타구니를 잡고 쳐 올렸다.

흑인의 몸이 180도로 회전을 한다. 그의 회전한 몸은 계단 옆으로 굴러 떨어지고 말았다.

"으아아아아악!"

흑인의 긴 몸이 계단 사이를 쿵쾅거리며 일층까지 곤두박질 쳤다.

벽에 한 번 부딪칠 때마다 그의 몸이 이상하게 꺾였다.

그리고…….

콰아아앙!

엄청난 굉음이 울렸다.

일층 로비까지 떨어진 그의 사지가 기형적으로 꺾여 즉사를 하고 말았다.

놀란 경호원들은 급히 흑인에게 다가온 후 천장을 바라봤지만 도수를 볼 수는 없었다.

경호원들이 이곳까지 올 것이라고는 생각하지 않는다. 모르긴 몰라도 도망친 몇몇 경호원들과 함께 건물을 빠져나갈 것이다.

일단 그들도 목숨이 중요하다는 것을 알고 있으니까.

도수는 야상 상의를 벗어서 찢었다.

어지간해서 찢어지지 않는 야상이 그의 완력에 쉽게 찢어졌다. 찢어진 부위로 나이프에 찔린 배를 감쌌다.

움직일 때마다 피가 펌프질을 하는 것처럼 울컥거리며 튀어나왔지만 상처를 치료할 생각은 없었다.

내장이 튀어나오지 않은 것만 해도 다행이었다.

도수는 절뚝거리며 계단을 올라 최상층, 김형태가 있는 사장실 문을 열었다.

푸시시식!

하마터면 계단 밑으로 떨어질 뻔했다.

안쪽에서 누군가 소화기를 잡고 그에게 분사한 것이다.

누가 뿌렸는지는 보이지 않았다. 소화기의 분말이 눈에 들어가 눈을 뜰 수가 없었다.

잠시 시야가 뿌옇게 변했다.

"애미나이 새끼, 뒈지라우!"

북한 말투 혹은 조선족 말투를 쓰는 한 사내가 달려와 도수의 가슴을 발로 찼다.

아무것도 보이지 않던 도수는 그대로 뒤로 밀려나고 말았다.

제길……

뒤에는 계단이었다.

도수의 거구가 뒤로 넘어가고 말았다. 그는 한 손으로는 뒷머리를 다른 한 손으로는 배를 감쌌다.

그의 몸이 계단을 굴러서 떨어졌다.

우당탕, 소리가 요란하게 울려 퍼졌다.

"크흐흑."

근육과 뼈가 고통스러운 비명을 질렀다. 네가 주인이라면 그만하라고 경고한다.

잘못하면 영원히 움직일 수가 없다면서.

닥쳐!

도수는 육체에게 명령했다. 언제 그랬냐는 듯이 육체의 아우성을 멈췄다.

도수는 벌떡 일어나 작은 체구의 사내에게 달려갔다.

지금까지 봤던 외인부대의 서양인들과 달리 그는 극동 아시아인이었다.

사내는 달려들던 도수에게 들고 있던 소화기를 후려쳤다. 도수가 팔을 들어 소화기를 막았다.

팔에서 '찡' 소리가 난다. 아픈 것을 넘어 마비가 오는 듯한 느낌이었다.

도수는 멈추지 않고 사내의 이마에 자신의 이마를 박았다.

빠각!

사내의 콧잔등이 깨졌다.

소화기에 맞고도, 계단에서 굴러 떨어져도 꿈쩍하지 않는 도수를 보며 질렸다고 판단했는지 사내는 코를 움켜잡고 뒤로 물러났다.

도수는 배를 움켜잡고 있던 손을 뻗어 사내의 뒤통수를 잡았다.

그리고 두 번째 박치기가 작렬했다.

빠각!

사내의 안면이 움푹 파였다.

다시 박치기가 들어간다. 당연히 그의 뒤통수를 잡고 있던 손을 안쪽으로 당긴다.

빠각!

양쪽 눈알이 터지고 말았다.

박치기는 무척이나 강력한 기술이다. 하지만 그것을 더욱 강하게 할 수 있는 방법이 있었다.

바로 상대의 머리를 자신 쪽으로 당기는 것이다.

사람들은 차돌을 깨기 어렵다고 한다. 하나, 종종 쉽게 깨는 사람들도 볼 수가 있었다.

많은 수련이 필요하기도 하지만 차돌을 살짝 튕기는 기술일 갖고 있기 때문이었다.

그것과 같은 원리였다.

당겨진 상대의 머리는 차돌이 되고 만다.

반으로 쪼개지거나.

수박처럼 박살이 나거나.

사내의 머리는 후자였다.

네 번의 박치기를 연속으로 당한 사내의 안면은 완전히 박살 나서 보이지가 않았다.

양쪽에서 동시에 칼날이 날아왔다.

소화기의 분말이 모두 가라앉았기에 도수는 미리 대비를 하고 있었다.

날아오는 나이프의 방향은 보이지만 예상보다 훨씬 빨랐다.

역시 예사롭지 않은 칼솜씨였다.

동시에 똑같은 방향으로 약간의 시간차를 두고 날아왔다.

도수는 몸을 180도로 회전을 시켰다.

그의 거구가 돌아감과 동시에 시간차를 둔 나이프 공격이 그의 옆구리를 살짝 스치고 지나갔다.

조금이라도 늦었다면 양쪽 옆구리에 바람 구멍이 날 수도 있는 절묘한 타이밍이었다.

도수는 양팔을 뻗어 그들의 뒤통수를 잡고 안쪽으로 당겼다.

빠각!

두 명의 사내들이 당겨지며 서로의 이마가 부딪쳤다. 얼마나 강하게 박았는지 이마가 깨지며 피가 솟구쳤다. 그들은 이마를 부여잡고 바닥에 쓰러졌다.

도수는 그들이 떨어트린 군용나이프를 잡고 심장에 박아넣었다.

순식간에 세 명의 외인부대 용병들은 목숨을 잃고 말았다.

"후욱후욱."

도수는 숨을 골랐다.

거칠던 그의 숨이 빠르게 가라앉았다. 예전부터 해 오던 방식이다.

호흡이 거칠어졌을 때 숨은 최대한 길게 내뱉는다. 처음이야 가슴이 답답하겠지만 익숙해진다면 거친 숨은 최대한 빨리 가라앉힐 수 있었다.

도수는 정면을 바라봤다.

다섯 명의 사내가 서 있었다.

매서운 눈매를 가진 네 명의 외국인 사내들과 중년이 됐지만 아직도 잘생긴 얼굴을 유지하고 있는 김형태.

이제 저들이 마지막이었다.

"질긴 놈. 징그럽게도 질긴 놈."

형태는 경악스러운 표정을 지으며 도수를 바라봤다. 다른 자들도 마찬가지였다.

다들 질렸다는 얼굴을 하고 있었다.

혼자서 이렇게까지 할 수 있을 것이라고는 누구도 생각하지 못했을 것이다.

외인부대 출신 경호원들이 네 명이나 남아 있었지만 누구도 자신들이 유리하다고 생각하지 않았다.

서른 명에 가까운 소대원들이 거금에 이끌려 이곳에 취직을 하고서는 대부분을 잃은 것이다.

"큭큭큭, 김형태. 외나무 나리에서 만났네. 정말로 반갑다는 생각이 들지 않아?"

"개소리 하지 마! 너 때문에 나는 모든 것을 잃었어! 이 개자식아!"

"헛소리? 나도 모든 것을 잃었다. 세상에서 둘도 없는 소중한 것들을…… 모두 네놈이 빼앗아 갔지."

"그것도 헛소리! 세상 사는 모든 사람들에게 물어봐라, 네가 잃은 것과 내가 잃은 것 중에 누가 더 많은가! 내가 너보다 백배는 많은 것을 잃었어!"

"상류층이란 이해할 수 없는 뇌구조를 가졌군. 소중한 것에 가치를 어떻게 판단하는 거지? 나는 분명 말했다, 나에게는 세상에서 가장 소중한 것들이라고. 네가 가진 어떤 것보다."

도수는 한 발 내딛었다.

"자, 잠깐! 협상하자."

형태는 한발 뒤로 물러나며 양손을 흔들었다. 어지간히 겁을 먹고 있는 모습이었다.

그런데…… 협상이라니.

웃기지도 않는다.

"협상?"

"그래. 얼마는 주면 되겠나? 10억? 10억이면 되겠나? 그 정도면 서민에게는 엄청나게 큰 액수야."

"10억? 기가 막히는군."

"작아? 그래. 한국에서 살 수 없을지도 모르니 작을 수도 있겠네. 좋아, 50억 내지. 50억이면 되겠어? 50억을 줄 테니 모든 것을 잊고 이곳을 떠나. 이 정도면 되잖아."

50억.

정말 엄청난 액수였다.

하지만 그도 현율 실업을 이끌었던 수장이었다. 놈과 악연으로 엮이지만 않았다면 그 정도는 충분히 끌어모을 수가 있었다.

도수가 다시 한 발 내밀었다.

"100억이다, 100억! 내가 가진 모든 현금이야, 그걸 주지. 더 이상 욕심 내지 마!"

이 자식의 머릿속은 도대체 어떻게 돼 있는 것일까.

예나 지금이나 변한 것이 하나도 없었다.

자신에게 단 한 번 진심으로 사죄만 했다면 극한까지 일이 커지지는 않았을 텐데.

하지만 그것도 이제는 끝이다.

돈이라는 개념은 시위에서 떠났다.

도수가 양 주먹을 쥐고 다시 한 발 내딛었다.

아마타 조와 경호원들도 나이프를 꺼내 들었다.

한 발이라도 더 다가온다면 죽음도 불사하겠다는 표정들이었다.

"씨발, 개자식! 그래. 네가 이렇게 나올 줄 알았단 말이야, 이럴 줄 알았지. 마지막 제안을 거절한 네가 잘못이야. 알아?! 한 번 끝까지 가 보자고!"

형태는 도수를 보며 고래고래 소리를 질렀다.

그러자 한 경호원이 작은 쪽방으로 들어가 의자에 앉아 있는 누군가를 데리고 나왔다.

얼굴색이 새파랗고 반쯤 죽어 가고 있었다.

도저히 살아 있는 사람이라고는 보이지 않았다. 눈동자의 총기도 사라졌다.

그대로 두면 몇 시간도 되지 않아 죽을 것만 같았다.

기현이었다.

"하하하, 누군지 알지? 이 씹쌔야! 비틀거리며 병원에 가는 것을 잡았지. 네놈을 잡을 마지막 카드야. 어쩔래? 당장 무릎을 꿇고 빌어, 그럼 팔다리를 자르는 것으로 용서해 줄게. 물론 이놈도 살려 주고 말이야."

그럴 리가 없다는 것은 도수 본인이 가장 잘 알고 있었다.

기현이 천천히 고개를 들었다.

떼가 꼬질꼬질 묻은 그의 붕대가 이리저리 엉켜서 뜯겨져 있었다.

가슴 부위와 다리 부위는 새카맣게 죽었다.

색이 완전히 변질되어 있는 것이다.

괴사가 진행된 것이 아니었다.

괴사가 되었다.

저런 상태로 살아 있는 것은 거의 기적이나 다름없었다. 기현의 초인적인 정신력이 아니었다면 진작 송장이 됐을 것이다.

"크, 큰형님……."

기현의 입에서 모깃소리만큼이나 작은 목소리가 흘러나왔다.

"그래, 나다."

도수는 낮은 음성으로 대답했다.

모든 것을 버렸다고 생각했지만, 아직 가슴속에는 작은 빛이 남아 있었던 모양이다.

사랑과 다른 의리라는 감정으로.

친구…….

온 세상이 나를 버려도 그만은 나를 찾아오는 그런 존재.

"죄, 죄송합니다, 쿨럭쿨럭!"

기현은 심하게 기침을 했다. 그의 입에서 썩은 피가 튀어나와 바닥에 떨어졌다.

"네가 왜 사과를 하느냐, 사과는 내가 해야지."

"아닙니다. 이, 이런 몰골로…… 형님의 발목을 잡아서. 정, 정말로…… 죄송합니다."

"그런 말하지 마라. 너와 나는 친구지 않느냐. 친구끼리는 미안하다는 말을 하지 않는 것이라고 하더구나."

"친구…….."

기현의 퀭한 눈에서 초점이 조금씩 돌아왔다. 그의 눈동자에서 굵은 눈물이 흘렀다.

도수는 사랑은 오직 유정뿐.

그를 향한 맹목적인 충성은 짝사랑이라고 생각했다. 그의 충실한 부하만 될 수 있다면 그것으로 족했다.

혹자는 이렇게 말을 하기도 했다.

"자네는 왜 욕심이 그렇게 없는가. 도수라는 자가 대단하다는 것은 인정하지. 하지만 말이야. 자네도 만만치 않아. 그런 독불장군보다 밑에 사람이 훨씬 자네를 잘 따른다는 말일세."

기현은 허튼소리 하지 말라고 했다. 그는 한 번도 도수를 배신한다는 생각을 가지지 않았다.

교도소 시절 기현은 천둥벌거숭이였다.

그렇기에 이미 그곳에서 제왕으로 군림을 하고 있던 도수에게 겁 없이 세 번이나 덤볐던 것이다.

그리고 마지막으로 덤볐을 때 자신은 절대로 그를 이길 수 없다는 것을 깨달았다.

그런데 왜일까.

그에게 그토록 끌렸던 것은.

어쩌면 그가 자신의 우상이어서 그랬던 것인지도 모른다. 그가 다치면 아팠고, 그가 화내면 같이 화가 났다.

도수은 기현에게 신과도 같은 존재였다. 당연히 그를 위해 목숨을 걸어야 한다고 생각했다.

하지만……

그가 자신에게 친구라고 하였다.

친구라고 생각하고 있었다니…….

말로 표현할 수가 없었다.

죽어도 여한이 없을 것만 같았다.

"벗이여."

도수의 입이 열렸다.

"네, 큰형님."

기현은 또박또박 대답했다.

"조금만, 참아라."

"알았습니다."

그들의 대화를 듣고 있던 형태와 아마타 조는 뭔가 심상치 않다고 느꼈다.

설마 기현이라는 자를 죽게 놔둘 셈인가?

그래, 도수라면 충분히 그럴 수도 있었다. 그는 피도 눈물도 없는 냉혈한이니까.

"조금만 다가오면 이자의 목을 자르겠다."

테임즈가 기현의 목에 칼을 댔다.

"넌 못 할 거야."

도수는 싸늘한 눈빛으로 대답했다.

"미친 새끼, 한 발자국만 움직여 봐! 정말로 자르겠다."

"아니, 넌 하지 못해."

"그게 무슨 소리야!"

"넌 죽을 테니까."

그 순간이었다.

테임즈의 목에 칼날이 박혔다.

테임즈는 들고 있던 나이프를 떨어트린 채 목을 부여잡고 쓰러졌다.

아무도 예상하지 못한 일이었다.

"간나 새끼들! 네놈들 때문에 죽은 아우들의 복수를 하갔서!"

갑자기 나타난 한 사내가 연속으로 칼을 휘둘렀다.

그가 휘두른 검은 용병들 못지않게 날카로웠다.

정확하게 두 명의 목을 꿰뚫었다.

전혀 예상치 못한 상황인지라 그들은 너무도 쉽게 목숨을 잃고 말았다.

그는 리영춘이었다.

마도수가 최후의 최후까지 끝까지 숨겨 둔 인물이 바로 그인 것이다.

김형태가 그를 발견하지 못한 것은 죽은 동생들의 장례를 치르기 위해 연변에 가 있었기 때문이었다.

리영춘은 복수를 하기 위해 한국으로 돌아오기를 원했다. 마도수는 그런 리영춘을 말리지 않았다.

그의 심정을 가장 잘 아는 자가 바로 마도수였다.

그런 리영춘에게 복수를 잊고 살라며 말을 할 수가 없었다.

도수는 그에게 위조된 여권을 이용해 배로 입국하라고 말했다.

그가 입국을 하자 대한민국은 한바탕 홍역을 치르고 있는
중이었다.

그리고 리영춘은 마도수보다 하루 전날 이곳에 잠입해 있
었던 것이다.

바로 최후의 일격을 가하기 위해서.

"이런 빠가야로!"

"죽어 보기요."

아마타 조가 옆으로 물러나며 리영춘이 휘두른 칼을 받아
쳤다.

처음에는 리영춘이 유리했으나 차츰 평정심을 되찾은 아
마타 조가 본 실력을 발휘했다.

리영춘의 실력은 현율 실업에서도 발군이다.

특히 칼을 쓰는 솜씨라면 현율 실업 직원들 중에서 따라
갈 자가 없었다.

하나, 같은 생존을 위한 칼솜씨라도 전문적으로 배운 아
마타 조와는 약간의 차이가 날 수밖에 없었다.

그 약간의 차이는 생각보다 훨씬 컸다.

"크헉!"

어깨를 찔린 리영춘이 뒤로 물러났다.

아마타 조가 곧바로 쫓아가며 리영춘의 배를 연속으로 찔

러 댔다.

푹! 푹! 푹!

"으으으윽!"

리영춘은 그대로 엉덩방아를 찧고 말았다. 그의 패착은 단순했다.

꽤 오랜 시간 좁은 공간에서 몸을 숨기고 있다 보니 관절과 근육들이 굳어 버린 것이다.

일이 터지고 조심스럽게 접근한 것까지는 좋았지만, 이미 굳은 팔과 다리는 그의 생각처럼 움직여 주지를 않았다.

그렇지 않아도 약간의 실력 차이가 나는 상황에서 근육들이 굳은 것은 치명적인 타격이었다.

리영춘은 바닥에 엎드려 숨을 헐떡거렸다.

아마타 조가 그의 숨통을 끊기 위해 나이프를 머리 위로 들어 올렸다.

"큭큭, 내만 죽을 것 같네? 염병 까지 말라우. 지옥에 같이 가자우."

순간 아마타 조는 등줄기가 서늘해지는 것을 느꼈다. 그는 급히 몸을 뒤틀었지만 늦고 말았다.

어느새 다가온 도수의 양팔의 그의 목을 잡고 만 것이다.

도수는 그대로 아마타 조의 목을 양쪽으로 꺾었다.

우드득 소리와 함께 그의 목이 기형적으로 돌아갔다. 눈이 뒤집히고 혀가 축 늘어졌다.

오랜 시간 동안 아프리카와 중동을 누볐던 외인부대 팀장의 최후는 그토록 허망했다.

"누워 있어."

도수는 리영춘에게 말을 하고는 곧바로 몸을 돌렸다.

"이, 이럴 수가!"

형태는 뒤로 물러났다.

마지막까지 믿었던 외인부대 경호원들이 모두 당하고 말았다.

도대체 저 비쩍 마른 조선족은 어디서 나타났다는 말인가.

그의 머리로는 이해할 수가 없었다.

그는 덜덜 떨리는 손을 품 안에 집어넣었다.

아마타 조가 어렵게 입수한 권총 한 자루가 그의 품에 남아 있었다.

이것이라면……

놈을 잡을 수 있을 것이다.

하지만 손이 너무 떨려서 제대로 총을 잡을 수가 없었다.

"아, 안전장치를 풀고."

형태는 아마타 조에게 배운 대로 권총을 도수에게 겨눴다.

도수는 그를 향해서 빠르게 다가오고 있었다.

손이 벌벌 떨렸다. 총구가 도수에게 제대로 맞춰지지도 않았다.

그래도 저놈만 죽이면 살 수 있다. 나머지 두 놈은 죽은 것과 마찬가지였다.

저놈만 죽이면…….

지옥의 악귀와 같은 저놈만 죽이면!

탕!

형태는 방아쇠를 당겼다.

팍!

총알은 형편없이 빗나갔다. 그의 빗나간 총알은 한참이나 떨어진 곳에 박혔다.

다시 쏴야 한다.

탕!

형태가 다시 방아쇠를 당겼다.

픽!

소리가 나며 도수의 몸이 기우뚱거렸다. 그의 총알이 도수의 이마를 스치고 지나간 것이다.

그저 스쳤을 뿐인데 도수의 이마에서는 상당한 양의 피가 콸콸 거리며 쏟아졌다.

무릎이 반쯤 굽혀졌던 도수가 이를 악물려 일어나 형태를 향해 전력으로 다가갔다.

그의 상처 입은 육신 곳곳에서 피가 줄줄 흘러내렸다.

"죽어! 죽으란 말이야!"

탕! 탕! 탕!

형태는 세 발의 총알을 연속으로 발사했다.

한 발은 바닥에, 한 발은 천장의 형광등을 깨트렸다.

그리고 마지막 한 발은······.

도수의 가슴에 맞았다.

큰 충격을 받은 도수가 앞으로 고꾸라졌다.

아니, 고꾸라지는 것을 보였다. 그러나 가까스로 몸을 일으켜 형태를 향해 돌진했다.

탕!

마지막 총알이 발사되었다.

그 총알 역시 도수의 가슴에 맞았다.

철컥, 철컥.

이제는 총알이 나가지 않았다. 피스톨은 헛돌며 공이만 쳤다.

드디어 도수의 손이 그의 안면에 닿았다.

꽈지직!

도수는 가공할 완력이 그의 안면을 그대로 밀어 버렸다.

꽈지지직!

그의 뒤통수가 두꺼운 강화유리를 깨트렸다. 깨진 유리창 사이로 뼈까지 시린 바람이 몰려왔다.

"허헉, 허헉, 허헉……."

도수는 거친 숨을 몰아쉬었다. 아무래도 총알이 장기 중요 부위를 관통한 듯했다.

숨이 제대로 쉬어지지가 않았다. 아무리 숨을 고르려고 해도 되지 않았다.

"사, 살려 줘! 내 재산 다 줄 테니까, 제발 살려 줘!"

형태가 울부짖었다.

강화유리에 부딪쳤으니 그의 깨진 머리통에서 피가 흘러 건물 밖으로 휘날렸다.

그럼에도 아직까지 질긴 목숨에 대해서 연연하고 있었다.

그의 턱을 잡고 있는 도수의 손아귀에서 점점 힘이 들어갔다.

우드드득.

턱이 부서지는 소리가 들렸다.

"데발, 데발, 사려 줘…… 데발."

끝까지 울부짖었다.

"허헉, 너는 사죄를 하고 싶어도 우리 가족을 만나지 못할 거야. 왜냐고? 너는 지옥에 갈 테니까. 물론 나는 다시 만나겠지. 지옥에서 너를 죽이고, 또 죽이고, 영원히 그렇게 살게 될 테니까."

우드득.

그 순간이었다.

깨진 강화유리의 금이 갈라지며 밑으로 떨어졌다.

"아, 데발, 안 돼!"

형태의 단발마가 터졌다.

깨진 강화유리는 그의 머리윗 부분을 자르고 지나갔다.

마치 단두대가 쳐 내린 것처럼 그의 코 윗부분은 완전히 사라지고 보이지 않았다.

잘려진 뇌는 밤하늘에 사라지고 말았다.

머리를 잃었지만, 형태의 몸은 깨진 강화유리에 그대로 붙어 있었다.

끝났다.

정말로 모든 것이 끝나 버리고 말았다.

도수는 가슴을 움켜잡고 비틀거리며 걸었다. 그는 리영춘에게 힘없이 말했다.

"일어설 수 있나?"

"일어서야디요. 이대로 자빠져 있으면 죽은 우리 동료들이 욕할끼래요."

"그럼 부탁 하나만 하지."

"어떤?"

"기현과 같이 병원에 가 봐."

"회장님은 아니 가십네까?"

"갈 때가 있어."

도수는 비틀거리며 그 자리를 벗어났다.

"큰형님, 큰형님……."

기현이 애처롭게 불렀지만, 도수의 발걸음은 멈추지 않았다.

*　　*　　*

어제까지 하늘이 뚫린 것처럼 내리던 눈이 멈췄다.

도수는 차량에서 내려 하늘을 바라봤다.

가을 하늘처럼 높고 쾌청했다. 무리를 지어 날아가는 새들도 보였다.

그는 버스정류장 근처에 있는 작은 슈퍼마켓을 들렀다. 그곳에서 소주 세 병과 마른 오징어, 떡 몇 개, 담배 한 갑을 샀다.

도수는 부모님을 만나러 간다.

그동안 뵙지 못했으니 꽤나 서운해하실지도 모르겠다. 산길을 올라 묘지에 다다랐다.

새롭게 이장이 된 묘지 하나가 있었다. 바로 동생인 도영의 산소였다.

동생의 사체는 찾지 못했다. 찾고 싶어도 찾을 수가 없었다.

어쩔 수 없이 그는 도영의 남은 물건 중에 하나를 가지고 무덤 안에 넣었다.

도수는 돗자리를 폈다. 향을 피우고 소주를 따랐다. 그리고 두 번의 절을 했다. 절을 하면서 몇 번이나 앞으로 고꾸라졌다.

진작 병원에 갔어도 살았을지 의문일 정도로 큰 상처를 입고 있는 그였다.

하지만 끝까지 절을 한다.

절을 한 후 자리에 앉아 소주를 마셨다.

날씨가 포근했다.

바람도 불지 않아 금방이라도 잠이 쏟아질 것만 같았다.

"헉헉. 엄마, 아빠, 그동안 잘 계셨어요? 우리 도영이도 잘 있었고? 그동안 와 보지 못해서 미안해. 내가 많이 바쁜 것 알고 있잖아."

도수는 소주를 한 잔 마신 다음, 잔에 소주를 붓고는 산소 앞에 부었다.

"아 참! 내가 며느리 보여 줄게. 큰 아들과 작은 아들 모두 결혼 못할까 봐 엄마가 뭐라고 했었지……. 나름 꽤 예뻐."

핸드폰을 꺼낸 도수는 사진을 찾아 산소 앞에 놓았다. 피로 잔뜩 묻어 있는 핸드폰이지만 액정 화면은 깨지지 않았다.

그 난리 중에 천만다행이라고 할 수가 있었다.

사진 속에는 유정이 환하게 웃고 있었다.

너무도 싱그럽게 웃고 있어 핸드폰 속을 당장이라도 뚫고 나올 것만 같았다.

벚꽃이 필 무렵이었다.

기현과 민희가 결혼식을 올릴 때 결혼식장 앞에서 찍은 사진이었다.

"누구냐고? 유정이라고 해. 나랑 7살 차이고…… 고려일보 사회부 기자야. 놀라지 말어, K대학교 출신이야."

도수는 부모님의 산소 앞에서 자랑스럽게 얘기했다.

"뭐? 내 주제에 어떻게 이런 여자를 얻었냐고? 음, 나도 모르겠어. 살다 보니깐 이런 일도 있던데. 엄마, 아빠, 또 자랑질을 해 볼까? 공부만 잘하는 것이 아니야. 무척 현명하기도 해. 왜? 도영아. 넌 배 아프냐? 후후, 형수한테 친구 좀 소개시켜 달라고 할까? 싫다고. 후후, 마음대로 하렴."

도수는 빙그레 웃고는 술잔을 다시 비웠다.

오랜만에 모인 가족이었다.

얼굴이 보이지는 않지만, 이 시간이 무척이나 즐거웠다.

"내가 보기보다 꽤 술이 세지? 나도 이렇게 술이 센지 몰랐어. 뭐? 아빠도 말술이었다고? 햐, 그럼 내가 아버지 피를 물려받은 거네."

도수는 자리에서 일어났다. 그리고 부모님과 도영의 무덤에 자란 잡초를 뽑았다. 뽑은 잡초는 한구석에 던져 놓았다.

"아, 보고 싶다. 아빠, 엄마, 도영아. 그리고…… 유정아."

그는 하늘을 보며 외쳤다.

아무도 없어 그를 보는 사람은 없었다.

애애애애애앵.

멀리서 사이렌 소리가 들렸다.

경찰차 두 대와 봉고차 한 대가 산길을 빠르게 올라오고 있는 중이었다.

아마도…….

유민일 것이다.

그에게는 모든 것을 털어놨다.

그는 자수하라면서 울면서 말했다. 그럼 자신이 무슨 수를 쓰겠다고.

도수는 그럴 필요 없다고 웃으면서 전화를 끊었다.

전화를 완전히 끊었다. 다시는 켤 일이 없을 것이다.

이제 그가 할 일은 끝났다.

어쩌면 교도소에서 출소하는 날, 이런 미래가 미리 정해져 있었는지도 모르겠다.

"술도…… 다 마셨네."

도수는 다 마신 술병과 음식물들을 한쪽으로 치웠다.

다행히도 멀지 않은 곳에 쓰레기를 버리는 곳이 있었다.

차가운 바람이 불어왔다.

뼛속까지 시린 차가운 바람이었다. 그럼에도 하늘은 맑고 햇살을 따뜻했다.

도수는 어머니의 무덤 옆에 등을 붙였다.

온몸의 감각이 점점 사라지고 있었다.

도수는 담배를 한 대 물었다. 불을 붙이고 단숨에 빨아들였다.

"죽기에…… 참 좋은 날씨야."

도수는 하늘을 바라보았다.

어머니와 아버지, 도영이와 유정이 환하게 웃고 있었다.

다음 생에는 다 같이 행복하게 살자고 그들은 얘기하고 있었다.

다음 생에는…….

그래, 우리 꼭 좋은 세상에서 다시 만나자.

담배를 물고 있던 그의 손이 바닥에 툭 하고 떨어졌다.

에필로그

WILD BE

"조심해서 내려."

민희가 기현을 부축하고는 휠체어에 앉혔다.

기현은 몸이 불편한지 가까스로 휠체어에 앉았다.

그는 총에 맞은 다리를 잘라 내고 말았다. 괴사가 너무 심해서 도저히 손을 쓸 수 없는 지경이었다.

의사의 말대로라면 그가 살아 있는 것은 기적이라고 할 수 있었다.

기현이 휠체어에 앉아 민희는 익숙한 듯 그것을 밀어 도수가 뿌려진 행주대교 밑으로 왔다.

예전과 조금도 다르지 않는 풍경이다.

조금 다른 것이 있다면 날씨가 무척이나 무더워졌다는 거 하나였다.

"아빠!"

말이 어눌한 아이가 종알거리며 기현의 품에 안겼다. 겨우 세 살이나 됐을까.

아장아장 거리는 것이 걷기에도 힘들어 보였다. 기현은 팔을 뻗어 아이를 안았다.

"어이구, 우리 왕자님."

기현은 아이의 뺨에 뽀뽀를 해 주었다. 아이는 까르르 거리며 웃었다.

"아빠, 여이가 어디야."

말투도 어눌했다.

하지만 자신의 의지를 확실하게 보여 주고 있었다. 그런 아이가 너무도 귀여운지 기현은 다시 한 번 아이의 뺨에 입을 맞췄다.

"여기는 아빠가 가장 존경하는 분이 계신 곳이란다."

"어디?"

"저기 떠다니는 강물에."

아이는 모르겠다는 듯이 고개를 갸웃거렸다. 아직 삶과 죽음의 대한 의미를 알지 못하는 듯했다.

기현은 아이를 품에 안고서 하늘을 바라봤다. 구름 한 점

보이지 않는 맑은 날씨였다.

　형님.

　잘 계십니까.

　형님의 마지막을 지켜 드리지 못한 점 너무도 죄송합니다. 많은 사람들이 슬퍼했지요.

　보고 싶어 했고요.

　하지만 시간이란 참으로 무서워요.

　형님이 없어서 아무것도 되지 않을 거라 여겼지만 어느새 모두 제자리로 돌아왔습니다.

　모두가 웃고, 술을 마시고, 여자 친구를 사귀고.

　똑같은 일상을 반복하고 있지요.

　형님.

　형님께서 그토록 원하든 세상은 오지 않았어요.

　바뀌지도 않았죠.

　놈들의 자리에는 더 독하거나 비슷한 놈들이 자리를 채웠죠.

　슬프게도 하나도 변한 것이 없습니다.

　여전히 놈들은 막강한 권력을 이용하고, 돈을 빨아들이죠, 언론을 조작하고……

　똑같아요.

　하지만 딱 하나 변한 것이 있어요.

놈들도 이제는 저희를 우습게 보지 않는다는 것.

서민들의 인식도 많이 바뀌었어요. 무조건적으로 기득권에 대해서 순종하지 않아요.

이게 모두 형님 덕분입니다.

형님이 아니었으면 세상은 예전과 조금도 다를 바가 없이 돌아가고 있을 겁니다.

형님.

저는요. 이 아이가 컸을 때 공정한 사회가 됐으면 합니다. 형님과 같은 사람이 나오지 않는…….

그런 사회가요.

그래서 저는 쓰러지지 않을 겁니다.

형님이 남겨 주신 소중한 씨앗.

절대로 잃지 않겠습니다.

형님, 다시 만나는 그날까지.

조금은 늦게 찾아뵐 거 같지만, 너무 타박하지 말아 주세요.

안녕히 계십시오.

도수 형님.

〈『맹수의 도시』 完〉